— 書き下ろし長編官能小説 —

女体めぐりの出張

伊吹功二

JN052858

竹書房ラブロマン文庫

目次

この作品は、竹書房ラブロマン文庫のために
書き下ろされたものです。

第一章　東京・丸の内ＯＬ愛の呪縛

女子更衣室には、女の匂いが充満していた。花とケーキを混ぜたような、甘ったるい匂いに頭がクラクラする。元来は男子禁制の場所で、片桐昇《かたぎりのぼる》は腰の辺りが妙に浮《うわ》つくのを感じていた。

しかし、室内にいるのは彼一人きりではなかった。そもそも昼日中《ひるひなか》に、無人の更衣室へ忍び込んだのだって、自分の意思ではない。総務部の諏訪希美《すわのぞみ》に呼び出されたのだ。

「聞いたよ、峰《みね》さんのこと。本当なの？」

希美は前置きもなく訊《たず》ねてくる。責め立てるような口調だ。彼女は昇の恋人だった。いわゆる社内恋愛というやつで、営業部の昇は二十六歳、希美はひとつ年下の二十五歳だった。会社の懇親会で出会い、もう一年近く付き合っている。

「峰さんのことって……。いきなり言われても、何のことかさっぱり――」

「経理部の子に聞いたもん」

希美はあくまで言い張った。小柄な割に、彼女に気が強いところがあるのに気がついたのは、付き合って三ヶ月目の頃だった。バーで酔漢に絡《から》まれた希美は、怯《おび》えるどころか大声で怒鳴り返したのだ。

しまいには持っていたバッグを振り上げて、酔漢に殴りかかりそうになったので、騒動に気がついた店員と昇が二人がかりでなだめ、ようやく収まるという出来事があった。

いくら酔っていたとはいえ、普通のＯＬがなかなかできる所業《しょぎょう》ではない。それ以来、昇は彼女の逆鱗《げきりん》に触れることを恐れている。

「ごめん。本当に何のことか、分からないんだ」

責められる心当たりなどないのに、とりあえず謝ってしまう。昇の悪いところだ。営業部の上司にも再三指摘《してき》されていたが、癖というのは簡単には直らない。上司と言えば——壁の時計が目に入る。もうすぐ会議が始まってしまう。

希美は腕を組み、頬《ほ》っぺたを膨《ふく》らませた。

「先週の木曜よ。二人でコソコソ内緒話してたでしょ。同じ経理の子が見てたって。そのあと、峰さんが珍しくみんなにお茶菓子を振る舞ったって……。本当のことなの？」

「ああ……」

お茶菓子云々《うんぬん》はともかく、木曜日と言われ、昇は思い出した。だが、彼女が疑うような理由ではない。

「それは、あれだよ。うーん……本当はバラしちゃマズイんだけど、実はうちの課長が精算を忘れていた経費があって、なんとか誤魔化してもらうよう、峰さんにお願いしていたんだ」

「え……ウソ」

呆気《あっけ》ない真相に、気負っていた希美のガードも緩《ゆる》む。峰というのは、経理部のお局《つぼね》社員だった。美人だが細かいことにうるさく、普段からギスギスしているので、全部署の男性社員からは避けられ、女性たちからは疎《うと》まれている存在だ。彼女と色恋沙汰など、ちょっと考えられない。

「そっか。だよね、ごめん。わたし、勘違いしてたみたい」

「いいんだ」

誤解が解《と》けて、昇もホッと胸をなで下ろした。閉ざされたドアの向こうで、オフィスの喧噪《けんそう》が遠く聞こえる。

結局のところ、彼女は昇の浮気を疑って、嫉妬していたわけだ。それだけ彼を愛しているという証拠でもあり、悪い気はしない。

「もしかして、そのためにここへ呼び出したの？」

「うん……。わたしもまさかとは思ったけど、噂を聞いたら、居ても立ってもいられなくなっちゃった」

希美は照れ臭そうにしながら、舌をペロッと出した。

（やっぱり可愛いな）

反省と媚《こ》びを含《ふく》んだ、ある意味あざとい仕草にも、思わず昇は昂揚《こうよう》してしまう。確かに希美は怒らせると怖いが、それはほんの一面に過ぎない。普段は明るくおしゃべり好きな女の子だ。最初に惚《ほ》れたのも、昇のほうだった。

「昼間は静かだね、ここ」

「うん。まあ、男の僕は初めて入ったから、普段は知らないけど」

「当たり前じゃん。入ったことあったら怖いよ」

希美は手を口に当てて、クスクス笑う。小さな顔にショートボブがよく似合っていた。白のブラウスにチェック柄のベスト、下は膝丈《ひざたけ》のスカートというのが内勤女子社員の制服だが、同じ服でも彼女が着ると、ファッション誌から抜け出してきたように見えるから不思議だ。

「ねえ、キスして」

彼女は唐突に言い出し、距離を縮めてきた。

昇は一瞬とまどう。勤務時間中に社内でイチャついたことなどない。もし上司などに見つかれば、大目玉を食《く》らうだけでは済まないだろう。

だが、女子更衣室に入ったときから、彼の下半身は重苦しさを訴《うった》えていたのも事実だ。脳裏には、女子社員たちがランジェリー姿で笑いさざめく光景まで思い浮かべていたほどだった。

「希美――」

昇は一歩踏み出し、希美の細い肩を抱く。ブラウス越しに二の腕の温《ぬく》もりが伝わってくる。その瞬間、ベッドで乱れる彼女の肢体が思い出された。

「ん」

希美が目を閉じて、唇を突き出すようにする。子供っぽい仕草だ。照れ隠しだろうか。だが、そこがまた愛《いと》おしい。

ついに昇は唇を重ねた。しっとりとした柔らかい彼女の唇。もう何度となくキスを交わした、いわば勝手知ったる感触だった。だが、解けない謎もある。希美の唇からは、なぜかいつもジャスミンのような花の香りがした。そういうリップがあるのか、あるいは彼女自身が放っているのか。女の神秘は汲めども尽きない。

「希美」

「昇」

喧嘩の後にする、仲直りのキスほど興奮するものはない。おのずと昇の抱く腕には力がこもり、しだいに呼吸が浅く忙《せわ》しなくなってくる。

「んん……」

希美も同じらしかった。甘い吐息を漏《も》らし、蕩《とろ》けていくように身体の力が抜けていく。

やがて昇は顔の角度を変え、歯の間から舌を差しのばす。

「希美……」

「んふぁ……昇」

すると、希美も素直に舌を迎え入れ、自分の舌も絡めてくる。彼女はキスが好きだった。舌同士の戯れはますます熱を帯びてくる。

このときのシチュエーションもまた、さらなる欲望を駆り立てた。社内での密やかな行為に背徳感は刺激され、気付けば昇の股間は熱く滾《たぎ》り、膨らみだした肉棒がスラックスを持ち上げていた。

「希美。僕、もう――」

「ん……好き……」

キスにウットリする希美は彼の訴えを聞いていない。夢中で舌を伸ばし、男の貪《むさぼ》るような口舌愛撫に応えるばかり。

（恋人同士なんだ。遠慮することなんかないじゃないか）

これ以上、性欲を抑《おさ》えることなどできそうにない。最初は引け腰だったはずの昇だが、募《つの》るリビドーに理性は退《しりぞ》いていく。

彼の手が、スカートの上から希美の尻を撫でる。

「んふうっ……んん……」

彼女はわずかに身を捩《よじ》るが、手を払いのけようとはしない。

昇はこれを承諾と受け止め、両手でむんずと尻たぼをつかみ、揉《も》みしだくようにした。

しかし、ここで希美の態度が変わった。

「んあ……ダメだよ、昇」

大好きなキスを解いてまで、彼の手を押さえてたしなめたのだ。

ここに二人の感覚の違いがあった。性欲の強い昇に対し、希美はあまり頻繁《ひんぱん》な行為を望んでいないようだった。二人は趣味も合い、このままいけば将来の結婚も意識するほどだが、こと営みに関してだけは、互いの欲求に齟齬《そご》があるようだった。

だが、まだ決定的に拒まれたわけではない。一度火がついた昇の情欲は、やすやすと収まりそうになかった。

「希美――」

「……あっ」

昇が再び唇を重ねると、希美は嫌がりもせず受け入れる。キスは好きなのだ。しかし、これは彼にとっては性欲をかき立てるトリガーに過ぎない。

「んふぁ……いい匂いがするよ、希美」

「あんっ、そう？　ふぁう……」

舌は互いの口中を行き交い、唾液《だえき》が混ざり合った。希美がキスに夢中になればなるほど、昇は彼女を欲した。

（もっと僕がリードすれば、彼女だってきっと――）

欲望に駆られつつ、彼はある人に言われた助言を思い出す。希美と付き合い始めた頃、なかなかベッドに誘えず悩んだことがあった。すでに互いの気持ちは分かっているのに、もう一歩を踏み出せなかったのだ。

そのとき信頼する人から、「もっと大胆になれ」と言われたのだ。そのアドバイスに従って、奥手《おくて》の昇は思いきって勇気を出して誘いかけ、ついに希美と結ばれた。

彼女もセックスを毛嫌いしているわけではないはずだ。

「ふうっ、ふうっ」

昇は鼻息も荒く、抱き合う身体の間に手を差し込む。ベストの袖口から滑り込ませ、ブラウスの上から横乳をまさぐった。

「んっ……イヤ」

とたんに希美は身を捩り、悪戯《いたずら》な手を引き戻す。

だが、今度は昇も一回ではあきらめない。「もっと大胆に」なるのだ。女子更衣室のむせ返るような女の匂いも、彼の劣情を駆り立てていた。

「希美……好きだよ……」

愛の言葉を呟きながら、再び両手を尻へと伸ばす。上半身がダメなら下半身を責めるのだ。しかし今度は直接ヒップを撫で回すのではなく、さらに下へ、指先を巧みに使ってスカートの裾《すそ》をたぐり寄せていった。

「んん、昇のキス……好き」

幸い希美はキスに夢中で、下半身への注意がおろそかになっている。

制服のスカートはさほどタイトな作りではなく、太腿《ふともも》の付け根辺りまでたくし上げるのに苦労はなかった。

いまや昇の手は、彼女の尻の盛り上がりまで届いていた。パンストに締めつけられているため、牝尻《めじり》本来の柔らかさを損《そこ》ねているが、ナイロンのスベスベした触感は、女らしい丸みを強調するようだ。

「ふうっ、ふうっ、ふうっ」

あともう少し。指先はヒップラインを辿《たど》り、蒸れたクロッチを目指す。

「んふうっ、んん……」

また希美が身じろぎする様子を見せるが、キスで縛《いまし》められているため、逃げ道を失っているようだ。

昇は、さらに自分の気持ちを伝えようと、テントを張った股間を彼女の下腹部に押しつけた。

「んっ……ダメ……」

「だって……もう我慢できないよ」

尻に回した手は、パンストの縫い目へと忍び寄る。指先はしっかりと尻の谷間に食い込んでいた。

しかし、ついに希美がキスをあきらめ、強引に身を振りほどいてしまう。

「――ねえ、ダメって言ってるでしょ」

彼女の態度は明らかだった。しつこいやり口に少し怒ってさえいるようだ。

意外な拒否に出会い、昇はショックを受けた。想定した反応とは違っていた。

「ごめん。つい――」

股間を膨らませたまま、恋人に謝る構図は滑稽《こっけい》だった。独《ひと》りよがりに盛り上がっていたのが痛感させられる。

しかし、希美も消沈する彼を気の毒に思ったらしい。強《こわ》ばった態度を緩めると、思いを伝えるように彼の手を握る。

「昇のことは好きよ。でも、ここじゃイヤなの」

「うん、分かってる」

「わたしのこと、嫌いになった？」

「そんなわけないだろう？　僕、少し先走っちゃったかな」

「本当に怒ってない？」

「まさか。僕の気持ちは変わらないよ」

「よかった」

希美は言うと、心底ホッとしたように肩の力を抜く。

そんな彼女の言動を見せられて、怒れるはずもない。一度燃え盛った欲情は宙に浮いたままとなったが、それで昇の愛情が薄れはしなかった。

逢瀬《おうせ》の時間は終わりを告げた。希美はロッカーの鏡で化粧直しをしながら、普段通りの口調に戻る。

「ねえ、昇。神楽坂に美味《おい》しい和食屋さんがあるんだって。同僚の子に聞いたの。週末に行ってみない？」

「和食か。いいね。行こうか」

「やった。約束だよ」

希美はうれしそうに言うと、背伸びして彼の頰《ほお》にチュッと口づけする。彼女のこんなところが愛らしくも憎めないのだ。落胆しかけていた昇も、改めて可愛い恋人の存在に自分の幸せを嚙《か》みしめた。

「ヤバっ。もう会議が始まってる。急がなきゃ」

「じゃあ、またあとでメールするね。お仕事頑張って」

それから二人は、慎重に女子更衣室を後にした。運良く廊下に人影はなく、密会がバレることはなかった。

東京・丸の内のオフィス街。株式会社ツダ電機は、その一角に本社を置く老舗《しにせ》の中堅家電メーカーである。創業時は大手メーカーのＯＥＭ商品製造で急成長したが、近年では独自ブランドを立ち上げ、積極的に全国展開している。

営業会議を終えた昇は、自分のデスクで出張の予定を立てていた。とそこへ、課長がツカツカと歩み寄ってくる。

「片桐、出張は明日からだろ。何やってるんだ」

「え。ですからスケジュール調整を――」

「そんなのはいいから、さっさと経理に申請《しんせい》してこい。お前が自腹で出張に行きたいっていうなら別だがな」

上司の皮肉に昇は鼻白んだ。つい先日、課長自身が精算をし忘れたばかりではないか。そのせいで彼が身代わりとなり、経理部に頭を下げるハメになったのだ。

「すみません。すぐ経理に行ってきます」

しかし、昇は文句を呑み込み、席を立つ。それがサラリーマンだからだ。さらに言えば、彼は上司に逆らえるほど自信家でもなければ、営業マンとしてめざましい結果を出しているわけでもなかった。

とはいえ、経理部を訪ねるのはなんとなく気が重い。お局と顔を合わせなければならないからだ。つい今しがた、希美にもこぼしたばかりだった。

「お疲れさまです。出張費の前払いをお願いできますか」

経理部のフロアに着くと、昇はまっすぐに峰のデスクに向かった。面倒なことはなるべく早く済ませたい。

すると、四十路《よそじ》独女のお局はモニターに向かったまま言った。

「今忙しい。後にして」

まるでとりつく島もない。昇は返す言葉もなく、デスクの側に佇《たたず》んだまま、椅子の背もたれに掛けたブランケットを恨めしそうに眺めていた。

しかし、気配は感じていたのだろう。しばらく無視して作業を続けていた峰が、手にしたマウスを叩きつけるようにして、ふと顔を上げたのだ。

「もう、忙しいって言って――あら、片桐くん」

険しさが刻まれた熟女《じゆくじよ》の顔が、昇を見たとたん少し優しくなる。

ところが、昇は峰の態度の変化にむしろ怯えてしまう。

「お忙しいところ、申し訳ありません」

「いいのよ。あなただったら。で、何？　前払いだっけ」

顔は美人だが冷たいイメージで、社内では「男嫌い」と噂されるほどの堅物。しかし、なぜか昇に対してだけは、やけに優しい態度を見せるのだ。

「片桐くんも出張、出張で大変ね。今度は秋田だっけ」

「ええ。でも、新幹線ですぐですから」

「若いっていいわね」

「ありがとうございます」

峰女史は普段の仏頂面《ぶっちょうづら》を捨て、いそいそとＰＣに申請内容を打ち込んでいく。声には艶《つや》さえ含まれている。

実は、昇には昔から妙に年上女性から好かれる傾向があった。自分でそのことに気がついたのは、大学に入学した頃だった。新歓コンパで上級生の女子から迫られ、社会に出てからも取引先の中年女性などに贔屓《ひいき》された。奥手な彼が人並みに女性経験があるのも、すべてはこの特性のおかげであったといっても過言ではない。

「これでよし、と――ああ、よければこっちでチケット手配しておくけど？」

峰は言いながら、チェアを回して昇に正対した。

「いえ、自分でやるので大丈夫です」

「そう？　そうね、あとでまとめて精算した方が二度手間じゃないかもね」

お局様はにこやかに彼を見つめる。

「助かります」

熟女の熱い視線に昇はたじろいだ。しかも、見つめられるだけではなかった。峰女史はことさら意味ありげな視線を送りつつ、わざとらしく座っている足を組み替えてみせたのだ。

「もうちょっと待っててね。いま、仮払いを持ってこさせてるから」

そう言って昇を足止めし、どうぞ見てと言わんばかりにスカートの裾をこっそりたくし上げさえした。

すると、どうだろう。色恋とは縁《えん》のない、冷たい女性とばかり思っていたお局の太腿には、黒いレース編みのガーターベルトが見え隠れしているではないか。

（ウソだろ……）

自分に見せるためだろうか。昇は真っ赤になって、思わず目線を逸《そ》らす。

「ひとり暮らしは大変でしょ」

話しかけられて昇も顔を上げざるを得ない。

「いえ、そんなことは」

「若い男の人がひとりじゃ、何かと不自由もあるんじゃない」

彼の否定を聞いていないのか、峰女史は執拗《しつよう》に繰り返す。意味深な目つきが訴えかけるように昇を見つめていた。

「不思議ね。片桐くんを見ていると、ついお世話したくなっちゃうの」

「は、はあ……恐縮です」

「お弁当作ってあげましょうか」

「いえ……大丈夫です。その、営業ですし、外回りが多いので――」

そこへ若い女子社員が現金を持ってきたため、彼は嫌な緊迫感から逃れることができた。

「お手数掛けました。では、失礼します」

昇がいそいそと立ち去ろうとすると、峰はつくづく残念そうに言った。

「出張、行ってらっしゃい。帰ってきたらまたいらっしゃい」

「はい。失礼します」

周りからの視線が痛い。お局の豹変《ひょうへん》は傍目《はため》にも明らかだった。希美という恋人がいる昇にとっては迷惑な話だ。いくら性欲旺盛な彼でも、峰女史のような人と火遊びするのは怖くて無理だった。

ホテルの高層階からは、都心の夜景が一望できた。部屋にはキングサイズのベッドが備えられ、間接照明が妖しいムードを演出している。

昇はバスローブを着て、ベッドに横たわっていた。

そこへ同じローブを羽織った妙齢の女が、シャンパンとグラス二つを持って近づいてくる。

「今日は昼からパーティー二連チャンだったの。ヤになっちゃう」

「大変でしたね」

昇は起き上がってグラスを受け取り、女が座るスペースを空《あ》ける。

すると、女もごく自然に彼の隣に尻を据えた。重ねた枕を背もたれにして、寄り添うようにしながらグラスを合わせる。

「そうなの——経営者なんてつまらないものね。これじゃ銀座にいたときと変わらないわ」

女は松木奈々子《まつきななこ》といい、ネット販売会社を経営する社長だ。かつては銀座のクラブホステスとして鳴らし、そのとき稼いだ金で起業したやり手だった。三十二歳。昇は彼女と業界関連のイベントで知り合い、すぐに誘惑されて深い関係になった。

「僕も、ここしばらくは出張続きになりそうなんです」

「あら、それじゃあまり会えなくなるじゃない」

奈々子は文句を言いながらも、彼の手から空いたグラスを取って片付ける。さりげない気遣《きづか》いはホステス時代に培《つちか》ったものだろう。

だが、グラスを置くと、とたんに媚びた目つきとなり、年下青年の胸に頭を預けて手の甲をかざす。

「見て。もう二週間もネイルに行ってないのよ。信じられない」

「全然綺麗《きれい》じゃないですか」

実際《じっさい》、昇の目から見れば、奈々子の爪は手入れが行き届いていた。爪ばかりではない。ざっくりとまとめ上げた長い髪も、ラフに見えるウェーブや、計算され尽くした後《おく》れ毛《げ》は、専属のサロンアーティストが手掛けているのだ。

「昇ちゃんはどうなの？　最近疲れているんじゃない」

彼女は言いながら、その鋭い爪で男の乳首をくすぐった。

昇は思わずビクンと震えてしまう。

「いえ、そんなことは……うう」

青年の敏感な反応に、年上女社長はうれしそうな声をあげた。

「そう言って、あたしに気を遣《つか》ってくれているんでしょう。優しいのね、昇ちゃんって」

奈々子は言うと、彼のローブをすっかりはだけてしまい、親切のお礼とばかりに男の乳首を甘噛みした。

「はうっ……な、奈々子さん」

「相変わらず感じやすいのね、変態さん」

昇が切ない顔をするのを見て、女社長は喜んだ。

「でも、そこが好きよ」

奈々子は起き上がり、愛撫に本腰を入れる。手始めに昇の乱れたローブを強引に脱がせるが、青年の腰にはまだブリーフが残っていた。

「あら、昇ちゃん。まだパンツなんか穿《は》いてるの」

「え？　ええ。おかしかったですか？」

昇は邪気なく答える。

すると、奈々子は可笑《おか》しさを堪《こら》えるように口元を押さえた。

「ううん、いいのよ。この方が、昇ちゃんらしいわ」

彼女は言いながら、ブリーフの膨らみを爪でつつと撫でる。

「はうっ……な、奈々子さん」

「すごーい。ちょっと触っただけで、もう大きくなってきた」

艶《あで》やかな女の指が、下着の蒸れた股間をつまむように揉みしだいている。

それだけでもう、昇は愉悦《ゆえつ》の虜《とりこ》になってしまう。

「う……ううっ、そんなエッチな触り方されたら……」

「どうなっちゃうの？」

奈々子はわざと顔を近づけ、甘い吐息を吹きかけるようにした。

昇はその息を吸い込み、腰を浮かせぎみにして身悶える。

「ああ、ダメです……奈々子さん、チ×ポを揉みくちゃにしたら――はううっ」

「本当に感じやすいのね」

「うう、だって……」

「いつもエッチなことばかり考えているんでしょ？　お仕事中も。今日は誰とセックスすることを想像していたの？」

もはや肉棒は息苦しそうにパンツを押し上げている。奈々子は青年を問い詰めながら、指で男根の形を確かめていた。

「ハアッ、ハアッ。仕事中になんて――」

昇は言葉を濁しながらも、女子更衣室でのことを思い出していた。妄想どころか、社内セックスをしようとしていたのだ。そして、その試みは希美の拒否によって失敗に終わった。

だが、そうして彼がとまどっているうちに、奈々子はもう次の展開へと移っていた。

「昇ちゃん。バスローブはね、こうやって着るの」

ベッドに女座りしたまま、彼女は腰紐を緩め、ローブを肩からハラリと落とす。

すると現れたのは、たゆたう二つの膨らみだった。

「下着は着《つ》けないの。わかる？」

「え、ええ」

まばゆいばかりの豊乳だった。ホステス時代は胸の開いたドレスを着慣れていたせいか、脱いでも谷間のクッキリした形のよい乳房だ。三十路《みそじ》を越えてなお張り詰めており、たゆみない努力の跡《あと》が窺《うかが》われる。

「ほら。ブラの痕《あと》もないし、オッパイが喜んでいるわ」

「ですね、綺麗だ」

昇は息を呑む。何度見ても、美しい乳房だった。

しかし、奈々子はひと言褒められただけでは納得しない。

「もっとよく見て」

彼女は言うと、重たげな乳房を抱え、彼の顔に覆《おお》い被《かぶ》さった。角がピンと立った乳首はピンク色だ。この美乳が、過去何人ものパトロンを夢中にさせたのだろう。

だが、今の奈々子は昇一人を欲していた。

「分かる？　昇ちゃんに見られて恥ずかしくないように、毎晩クリームを塗《ぬ》って、黒ずんだりしないようケアしているのよ」

「ええ。とても綺麗です」

「ダメよ。もっとちゃんと見て」

奈々子はほくそ笑みながら、乳首の先っぽで彼の鼻面を刷《は》くように撫でる。

乳液の清潔な香りが昇の鼻をつく。

「ああ、そんなことされたら……はううっ、はうっ」

たまらず彼は池の鯉《こい》のように、パクパクと乳首を追った。

「んん？　これが欲しいの？　──ダーメ」

すると、奈々子は面白がって、ルアーのように乳首を揺り動かして誘う。

年上の女にからかわれているのだ。分かっていても、昇はつい挑発に乗ってしまう。

「はうっ……ああ、そんな意地悪しないでくださいよ」

「ウフフ。可愛いわ——ほらっ、捕まえてごらん」

乳首を釣り餌に弄《もてあそ》ばれ、昇は赤い顔をして必死に食らいつく。やがて努力は実り、ピンク色の実を口に含んだ。

「はむ……ふぁう、奈々子さんの乳首、コリコリしてます」

「んふぅ、昇ちゃんはオッパイが好きなのよね」

「ちゅぽっ……いい匂い。美味しいです」

「もう、ちゅぱちゅぱ吸って。赤ちゃんみたい」

奈々子は、首をもたげて必死に吸いつく彼を愛《いと》おしげに撫でる。その仕草は母性すら感じさせるものだ。しかし、その愛情にはペットを可愛がるようなところも見受けられた。

「はい、オッパイの時間はここまでよ」

奈々子はふいに乳房を引き離してしまう。

お預けを食った昇は残念そうだった。

「ああ……」

こうしてまんまと奈々子の術中に嵌《は》まってしまうのだ。最初のときからそうだった。

昇が彼女とベッドインしたのは、希美と出会うより前のこと。女社長に誘惑された青年は肉を交え、すぐに目上の相手にすべてを委《ゆだ》ねてリードされる、恋愛とはまた違った快楽の虜になった。

「この部屋、なんだか暑くない？」

奈々子は言うと、腰紐を解いてローブを取り去る。もちろん下着は穿いていない。恥毛はわざと処理をせず、黒く艶やかな草むらが丘を覆っていた。

一糸まとわぬ女の姿に昇はさらに昂《たか》ぶる。

「奈々子さん、それ……そこも、シャンプーとかしているんですか」

「そこ、ってアンダーヘアのこと？　うふふ、どう思う？」

「え……っと、やっぱり専属のカットする人とか――」

「まさか。バカね――でも、手入れはしているわよ。確かめてみる？」

くだらないやりとりにも、性戯の種は宿っている。昇の素朴な疑問をきっかけにして、奈々子はおもむろに彼の顔の上に跨がってきた。

「ほら、見て。ときどき毛先をカットしたりしているのよ」

「ああ、すごい……」

昇は漂《ただよ》う牝臭を胸一杯に吸い込む。事前にシャワーを浴びたせいか、淡い匂いだ。しかし、ヌラつく割れ目は恥毛を濡らすほど愛液を漏らし、清潔なソープの香りを今にも凌駕《りようが》しそうだ。

立て膝の奈々子は昇を見下ろしながら、さらに自分の指で淫裂《いんれつ》を開く。

「最近、濡れやすくて困っているの。昇ちゃん不足かしら」

「ハアッ、ハアッ。奈々子さんの匂いがする……」

「ねえ、聞いてる？　あたしのここが――寂《さび》しいって言ってるわ」

希美と付き合うようになってから、奈々子との逢瀬が少なくなったのは事実だ。しかし、それは奈々子も承知のはずだった。わざと言っているのだ。

「ええ。でも……すみません」

他に言いようもなく、昇は謝った。プレイの一環とはいえ、彼自身もそのことでは悩んでいる。恋人と愛人、どちらも必要で大切なのだ。ことに希美がセックスに積極的でないとなると、奈々子との関係は断ち切れなかった。

「もう、すぐに謝るのね。そういうのはやめなさい、って言ったはずよ」

「あ、でしたね。すみま――」

「ほら、また」

奈々子は、子供をたしなめるようにメッという顔をしてみせる。

「はい、気をつけます」

昇は鼻先に媚肉《びにく》があるのを意識しつつ、殊勝《しゅしょう》に答えた。彼にとって奈々子は単なる性欲の解消相手ではない。人間関係におけるアドバイザーでもあり、こと異性との関係では師とすら崇《あが》める存在だった。

こうした逢瀬も、いわば性愛パーソナルレッスンなのだ。

そして良い教師とは、飴《あめ》と鞭《むち》をうまく使い分けるものである。

「ああん、昇ちゃんの吐息を感じてたら、あたしも我慢できなくなってきちゃった」

奈々子は言うと、顔の上から退き、ブリーフの上に跨がった。

「やだあ、パンツが濡れちゃってるじゃない」

テントを張った白ブリーフは、見て分かるほど先走りの染みを広げている。その中で肉棒は息苦しそうに喘《あえ》いでいた。

「こんな邪魔なのは、取っちゃいましょう」

「はい」

昇は返事しながらも、なすがままだった。ここはまだ奈々子のターンだ。彼女に任せておけば、最高の愉悦は約束されていた。

やがて奈々子は身体をずらし、彼の下着に手をかけて足から抜き取る。現れたのは、湯気が立ちそうなほど熱を帯びた硬直だった。

逸物《いちもつ》を目にした彼女はうれしそうな声をあげる。

「今日もすごいのね。ビンビンに勃《た》ったオチ×チンほど女を喜ばせるものはないわ」

「だって、奈々子さんが色っぽいから」

「まあ、昇ちゃんも随分お上手言うようになったのね」

「いえ……本音ですし」

「いいの。カチカチのオチ×チンは、昇ちゃんのいいところだもの」

「奈々子さん、僕もう我慢できない」

怒髪天を衝《つ》いた肉棒は、鈴割れから透明汁がダダ漏れだった。媚肉を求め、ときおりビクンビクンと武者震いしていた。

一方、奈々子も興奮に胸を喘がせている。上気して首筋が色づいていた。

「昇ちゃんが欲しいわ」

彼女は言うと、再び腰の上に跨がった。

挿入への期待にペニスが躍動する。

ところが、奈々子はそのまま尻を落としてきたのだ。

「うっ……なっ、奈々子さん!?」

肉棒は上向いたまま、腹に押しつけられた。裏筋に濡れた媚肉を感じるが、挿入していないことは分かった。

　とまどう昇に対し、奈々子はほくそ笑む。

「どう？　こういうの」

「うう……気持ちはいいけど、ちょっと苦しいです」

「ふうん。じゃあ、これは？——」

　奈々子は覆い被さると、おもむろに尻を前後に揺り動かした。

　とたんにぬめりが肉竿を襲う。

「はうっ。ヤバイ……ああ、気持ちいいです」

「そうでしょ？　ああん、あたしも——いいわ」

　割れ目が肉棒を挟み込むようにして擦《こす》りつけてくる。これは素股だ。昇は快楽に溺れながら、耳学問で得た知識を思い出していた。

　奈々子の腰つきも徐々に熱がこもってくる。

「あんっ、ああっ。オマ×コでチ×ポの形を感じる」

「ハアッ、ああ……こんな風に……初めてです」

「オチ×チンの先っぽに、クリちゃんが擦れるの」

「分かります。おうっ……プリプリしたのが、ああヤバイ」

普通の挿入では得がたい悦楽だった。蜜壺に包み込まれる感じには欠けるものの、ビラビラと牝芯の両方を同時に感じられるのだ。

「ハアッ、ハアッ、ああ、ううう……」

昇は呻《うめ》きつつ、奈々子の尻たぼを両手で愛《め》でた。女らしいたっぷりした尻。質感も艶やかで、ずっしりとした重みを感じさせる。

「あんっ、ハァン、んっ、ああ……」

擦れる悦《よろこ》びに奈々子も浸《ひた》っているようだ。ときおり眉間に皺《しわ》を寄せ、下腹をグッと引き上げるようにして愉悦を貪った。

だが、やがて肉棒は苦しさをより訴えてくる。重力に任せた愛撫は、ときに暴力的ですらあった。盛んに吐き出す先走りも、快楽への期待というより、重荷に喘ぐ無言の叫びに近くなってくる。

「うう……奈々子さん、僕もう――」

「あたしも、もうダメ。ちゃんと欲しくなってきちゃった」

彼が苦衷《くちゆう》を訴えようとした瞬間、タイミング良く奈々子も素股に飽きてきたらしく、押しつけられた尻はいったん引き上げられた。

重力の魔から逃れ、ペニスはホッと息をつく。

「見て。オチ×チンがビショビショになっちゃった」

奈々子は楽しそうに逸物に顔を近づける。

「だって、それは奈々子さんの――」

「そうよ。あたしのおつゆと、昇ちゃんのおつゆが混ざってるの」

若くして起業し、成功を収めた女傑とは思えない、淫《みだ》らで、欲望を曝《さら》け出した顔だった。それだけ彼女も、昇との関係を特別に思っているのだろう。

奈々子は鼻をヒクつかせ、肉棒の匂いを嗅いだ。

「昇ちゃんの匂いと、あたしのが――恥ずかしいわ」

「うう……」

「こんな恥ずかしいオチ×チンは、すぐにしまっちゃいましょうね」

彼女は言うと、腰を浮かせ、彼の上に跨がる。さらに逆手で太竿を握り、指で捏《こ》ねるように擦り始めた。

「はううっ、うう……」

昇は呻いた。蜜壺が欲しいあまり、肉棒は今にも爆発しそうだ。

奈々子も息を弾《はず》ませながら、ゆっくりと腰を落としていく。

「――あっ」

「おうっ……」

はち切れそうな肉傘が、花弁に触れた。その瞬間、昇の背筋をゾクゾクする快感が駆け上がる。

しかし、奈々子はすぐに挿入はせず、念入りに亀頭を入口に擦りつけた。

「あんっ、これ……ああ、熱い鉄みたい」

「うう……ふうっ。な、奈々子さん」

「んん？　どうしたの」

「も、もう辛抱できません。僕――」

「オチ×チンがヒクヒクしてるよ。ああん、あたしも欲しくなっちゃう」

「だったら……」

敏感な粘膜同士が擦れ合い、昇の全身を焦燥感《しょうそうかん》が満たしていく。手管《てくだ》を知り尽くした女の技巧は、いともたやすく男の理性を打ち砕く。

しかし、その奈々子もまた悦楽を欲していた。

「そうね。あたしももう――あふうっ」

ついに花弁が亀頭を包み込んだ。昇に電撃が走る。

「おううっ……ああ」

「ん……入ってきた」

さらに奈々子は腰を落とし、肉棒はぬぷりと蜜壷に収まった。

「ンハアッ、あたしの中が昇ちゃんでパンパン」

「うう、あったかいです」

奈々子はウットリとした表情を浮かべ、満たされた悦びを味わっている。

昇もまた肉悦に耽《ふけ》っていた。幾度となく交わった牝肉は、刺激と同時に故郷に帰ったような安心感がある。

すると、奈々子がふいに身を伏せ、舌を絡めてきた。

「好きよ、昇ちゃん」

「僕も……奈々子さんが、好きです」

ピチャピチャいう音とともに、唾液が盛んに交換される。

「うれしいこと言ってくれるのね。あたし、昇ちゃんの二番目の女でも満足よ」

「そんな。僕は──」

奈々子は希美の存在を知っている。昇は返事に困った。

だが、すぐに彼女はくつくつと笑い出す。

「冗談よ、バカね」

「奈々子さん……」

また濃厚なキスが始まる。女社長との関係は複雑だった。決して肉体だけの繋《つな》がり

ではないが、恋愛感情というのとも違う。

ひとしきりキスすると、奈々子は再び起き上がる。

「あたしね、昇ちゃんには幸せになって欲しいの。本当よ」

見下ろす目は、慈《いつく》しみを湛《たた》えながらも淫靡《いんび》だった。

昇は彼女の太腿に置いた手で、鼠径部《そけいぶ》まで撫で上げる。

「僕、奈々子さんの言うこと信じてますから」

「んもう、可愛い子――」

奈々子は言うと、おもむろに尻を振りたてた。

「ああん、ちょうだい。硬いのいっぱい欲しいの」

「は、はうう……奈々子さん、いきなり――」

「あんっ、あっ。中で、擦れるうっ」

奈々子は喘ぎ、膝を屈伸させて上下する。結合部からはくちゃくちゃと粘液のかき

混ぜられる音がした。

「な、奈々子さん。いきなり激し……おうっ」

昇も身悶えた。それまで煽《あお》られるだけ煽られた後のことだ。肉棒を襲った快感は凄まじいものだった。

肉の快楽を貪る三十路女は、ますます色香を増していく。

「あっ、ああん。あたしね、昇ちゃんとこうしているのが一番幸せ」

「ううっ……お、僕も。奈々子さんが――おおっ」

「ううん、昇ちゃんは無理しなくていいの」

「そんな。僕は――」

いくら互いに承知の上でも、性交中に希美の名を口にするのは憚《はばか》られる。昇は悦楽の最中にも、奈々子の心情に思いを致《いた》す。

だが、彼女の思いは他にあったようだ。

「そうじゃないのよ。あたし――あんっ。他の男ときたら、いかに自分が巧《うま》いかってことばかりアピールして……あふうっ、本当は下手《へた》なんだけど」

「ハアッ、ハアッ。そうなんですか」

「仕方ないから、あたしも感じているフリしてあげているんだけど……んんっ。バカね、男って」

「ハアッ、ハアッ、ハアッ」

彼女は彼女で、常に複数の愛人がいた。さすがは銀座で売れっ子だった美形の持ち主である。しかも、三十二歳とまだ若い。男など選び放題のはずだ。

しかし、なぜか一番のお気に入りは昇だという。奈々子は尻を振りたて、息を切らせながらその理由を語った。

「——けど、昇ちゃんは別。飾らないところが素敵よ」

「ハアッ、ハアッ。あ、ありがとうございます」

「だから、あなたはそのままでいてね……んんっ」

「は、はい……」

「実力以上に自分を大きく見せたりしちゃダメよ。昇ちゃんは……ああっ。でも、オチ×チンは大きくて硬いのが——ああん、いいわ」

奈々子は言うと、堪えきれなくなったかのごとく倒れ込んできた。豊乳の重みが昇の上にのしかかる。

「ああん、これ好き。昇ちゃんのカリのとこ……中で搔《か》き回されるの」

「ううっ。奈々子さんのオマ×コも、気持ちよすぎて……」

実際、蜜壺は無数の凹凸で太竿に絡みついてくる。俗に言うミミズ千匹というやつだった。微細《びさい》な襞《ひだ》が肉棒の裏筋をくすぐり、カリ首を弾《はじ》くのだ。

「な、奈々子さんっ」

たまらず昇は彼女を抱きしめ、下から突き上げた。

「ああん、ダメよ。ダメえっ」

突然の年下青年の反乱に、思わず奈々子はたしなめるようなことを言うが、声には牝《めす》の媚びを含んだ悦びが感じられた。

昇は女の嬌声に自信を得て、さらに腰を突き上げる。

「ハアッ、ハアッ。ううっ、奈々子さんのオマ×コ締まる……」

「ああ……ンハアッ、いいわ。もっとちょうだい」

奈々子は、耳元に息を吹きかけるようにして彼を励ました。

しっとりと汗が滲《にじ》んだ白い柔肌。悦楽に没入するほどに、女の身体は蕩けていくようだった。

「ハアッ、ハアッ、ハアッ」

「あんっ、あっ……あふうっ」

それでもストロークは、ときにタイミングがずれてしまう。昇が本能の命ずるままに突き上げるからだが、そんなときでも奈々子は決して文句は言わなかった。

その代わりに、彼女はやがて体位を変えてきた。

「あふっ、ああっ。このまま……やめちゃダメよ」

呼びかけながら、重心を横にずらし、挿入したまま側位になる。

気がついたときには、二人とも横寝で向かい合っていた。

「抜いちゃダメよ——そう。脚を絡めて」

「はうっ。ああ、この体勢もいいです」

「でしょう？　あたしも好きよ、これ」

挿入しやすいよう、片膝を立て、奈々子はあられもなく開脚していた。女社長らしく普段は高級ブランドで身を飾り立てているが、最高のアクセサリーは彼女の肉体そのものだった。

その最高級の女が、あられもない恰好で欲を貪っているのだ。

「ああん、すごぉい。クリちゃんが擦れて……イイッ」

奈々子は恥骨を突き出すようにして、敏感な部分を擦りつける。

そんな姿を目にして、昇は自分の幸運を思わずにはいられない。

「オマ×コが……ああっ、ヤバイです。気持ちよすぎる」

「あたしもいいわ——でも、んふうっ。最後は、昇ちゃんが責めて」

彼女は言うと、彼を抱き寄せ、自分の上に乗るよう導く。

意図《いと》を察した昇は起き上がり、奈々子を組み伏せる形になる。

「ハアッ、ハアッ。奈々子さん」

「ん。きて。思い切りブチ込んでちょうだい」

見上げるまなざしが淫らに輝いている。

媚肉に包まれた太竿は硬直を保っていた。

奈々子の許可を得て、昇は俄然《がぜん》いきり立つ。

「奈々子さぁん」

勃起物を振りかざし、欲望のままに腰を繰り出した。

「はひぃっ……ああっ、いいわ」

今度は奈々子が受け身になる番だ。ガシガシと蜜壺を掻き回され、彼女はハッと息を呑み、突かれる悦びに浸っていた。

「ハアッ、ハアッ、おおっ……」

昇はひたすら抽送《ちゆうそう》に励む。頭の中は真っ白だった。これまで散々焦《じ》らされ、挑発的な愛撫に耐えてきたのだ。体調万全の競走馬がゲートを開かれたようなものだった。

結合部はぬちゃくちゃと淫らな音を立てる。

「んあっ、ハアッ。はううっ……」

もとより女らしい奈々子の肉体が、さらに淫靡の花を咲かせていくようだった。顎を突き上げ、胸を喘がせて悶える姿は、まさに性の化身《けしん》であった。

しかし悦楽の最中にも、女は師であることを忘れなかった。

「いいわ。でも――闇雲《やみくも》に突くだけじゃダメよ」

「ハアッ、ハアッ。ダメ……ですか」

「前にも教えたでしょ。もう忘れちゃったの？」

彼女に指摘され、昇は欲情しながらも思い出す。

「三浅一深、ですか」

「そうよ。オチ×チンで、リズムを作るの。相手の反応をよく見て」

「はい――」

奈々子が、年下の彼を導くことに喜びを感じているのは明らかだった。ホステス時代に年配の男に仕込まれたことを、経営者となり、今度は自分が若い男に教え伝えていくのだ。そんな気概が彼との関係にも表われていた。

その点で、昇は理想的な生徒であったと言えるだろう。

「行きますよ――ハッ、ハッ、ハッ、ぬおぉっ……」

三回浅く突き、四回目で子宮を貫《つらぬ》く。

愚直なまでの実践ぶりに、奈々子は悦びの声をあげた。

「んあぁっ、そう。とっても上手よ、昇ちゃん」

「ふうっ、これでいいですか。ハアッ、ハアッ」

「ん。すごく気持ちいい……はううっ、ああこれよ、これ」

「ううっ、僕も、いいです」

「あたしの中がこなれて、子宮が持ち上がってくるのがわかる？」

「ええ。なんとなく──うぐうっ」

昇の言葉にウソはない。彼女との関係が貴重なのは、何も自分を飾らなくていいことだ。本来は奥手な彼も、奈々子には身構えずにいられた。

だが、募る愉悦とともに、肉棒は制御に抗《あらが》う気配を見せる。

「うはっ、な、奈々子さん。僕、もう──」

もはや爆発寸前だった。擦れ合う媚肉は蠢《うごめ》き、蜜壺は締めつけてきた。

一方、奈々子も高みへと昇りつつあった。

「いいわ。もう──昇ちゃんの好きにして。滅茶苦茶にブチ込んでっ」

三十路を迎えても皺ひとつない額に汗が浮かんでいる。美しい顔は歪《ゆが》み、ぽっかり開いた口は忙しない息を吐いていた。

制御の枷《かせ》は外された。昇は太腿を抱え上げ、思いのままに腰を振る。

「ぬああっ、ハアッ、ハアッ、うわあぁ」

「んああっ……昇ちゃん、激し――はひぃっ」

「ハアッ、ハアッ、ああっ……くうっ」

とめどなくあふれる牝汁に絡め取られ、肉棒は張り詰めていく。

おのずとリズムはかき乱された。ここに至り、均衡の美は崩れ、獣欲の混沌が男女を呑み込んでいく。

「ぬああっ、ハアッ、ハアッ、おうっ」

「んあっ、イイッ。来る、来ちゃうっ」

「ダメだ。今度こそ本当に……ああっ、奈々子さんっ」

「いいのよ、出して。あたしも――んはああっ」

ひときわ高く喘いだ奈々子は、背中を弓なりに反《そ》らし、太腿で彼の身体を締めつけてきた。

「うはあっ、ダメだ出るうっ」

宣言すると同時に、肉棒は悦びの泉を噴き上げた。

飛び出した白濁液《はくだくえき》を子宮口に叩きつけられる。

「あっふう、イイイイーッ！」

少し遅れる形で、奈々子も絶頂を迎えた。媚肉が発射を促《うなが》すように蠢き、吐き出された精子を貪欲に飲み干してしまう。

「はうぅっ、また――」

「んああっ、止まんない。来るっ」

肉襞が最後の一滴《いってき》まで搾《しぼ》り取る。社会的金銭的に成功した彼女にも、他では決して手に入らない感動をこの瞬間に貪り食らうようだった。

「あああ、よかったわ……」

「ハアッ、ハアッ、ハアッ」

昇が力尽きたように倒れ込むと、奈々子はウットリとした顔で唇を求めた。

「昇ちゃん？」

「はい」

促されて昇は上から退く。結合が解かれたとき、泡立ち白く濁った欲汁が花弁からごふりとあふれ出した。

事を終え、二人はしばらく愉悦の余韻に浸っていたが、ふと思い出したように奈々子が顔を上げる。

「そう言えば、こないだあげた宿題はどうだったの？」

昇は奈々子に希美との性生活がしっくりきていないことを相談していた。宿題とは、そんな彼に奈々子が出した課題のことで、ステップ一は「もっと大胆に責めろ」であった。

「ええ、そのことなんですが――」

昇は女子更衣室で希美に迫り、嫌がられて失敗したことを話した。

一部始終を聞き、奈々子は思わず苦笑を浮かべる。

「そっか。うん……あのね、昇ちゃん。大胆とガムシャラは違うのよ」

「え。どういうことでしょう」

「女子更衣室っていうシチュエーションは悪くないわ。向こうから誘ってきたんだし。でもね、最初からいきなりがっつくんじゃなくて、行為のときはもっとゆっくり、周りから責めるようにしなければ、女は引いてしまうわ」

「そうなんですか……」

昇は落ち込んだ。自分の解釈が間違っていたらしい。

そんな彼を見かねたのか、奈々子は起き上がり、彼の頬を手で撫でる。

「あたしの説明も悪かったのね。いいわ、もっと具体的に教えてあげる。いい？　例えばこんな風にするの――」

彼女は言うと、昇の耳たぶを噛み、指先で鼠径部をさわさわと撫で始めた。

「はうっ。な、奈々子さん……!?」

「うふふ。もう大きくなり始めてる」

こうして彼女はさらに愛撫の手管を指南し、その夜は結局もう二回戦、お代わりが続けられた。昇は明日から出張ということも半ば忘れ、美熟の師匠との肉悦に耽溺した。

第二章　秋田・細腕エロ妻繁盛記

東京から新幹線で四時間弱。昇は秋田駅に降り立っていた。

駅ビルは広く、ウッド調の構内はモダンで美しい。土産店や食事処といった観光客向けの店を始め、日用品雑貨衣料などの店もある。

しかし、平日朝のためか行き交う人は少ない。

「まだしばらく時間があるな」

昇は物慣れた様子で時計を見る。秋田にはこれまで何度か訪れていた。ホテルのチェックイン時刻までに何時間かあったので、荷物をいったんロッカーに預け、食べ損ねた朝食を求めて近くを散策することにした。

駅から五分ほど歩くと、市民市場がある。以前、取引先の人間に教えてもらい、いつか行ってみたいと思っていた場所だ。

体育館のような入口を抜け、市場内に入る。

ところが、場内は思いのほか閑散としていた。

（あれ？　やってないのかな）

市場といえば、築地や豊洲の喧噪《けんそう》を思い浮かべてしまう昇にとって、この静けさは驚きだった。一瞬、休業しているのかとすら思った。

だが、店は開いていた。生鮮野菜や果物、乾物、海産物を売る店がずらりと並び、ちゃんと従業員らしき人の姿もある。

あとで聞くと、これが通常営業とのことだ。この中でスーツ姿の昇は嫌でも目立ってしまうが、せっかくだからと海鮮を見て回ることにした。

「えぐ来たなあ」

前掛けをした魚屋のおばちゃんから早速方言の洗礼だ。しかし、これくらいなら分かる。「いらっしゃいませ」というほどの意味だろう。

「すいません、ちょっと見たいだけなんですが」

昇が恐縮して言うと、おばちゃんは人の好さそうな笑顔を見せる。

「兄ちゃ、東京の人だべ」

「え。分かりますか」

「そりゃおめ、こんた小綺麗な男は秋田にいねもの」

女性は、秋田のことを「あぎだ」と発音した。もちろんお愛想を言ったのだろう。スーツ姿で標準語を喋《しゃべ》っていれば、大体見当がつきそうなものだ。

とはいえ、昇も悪い気はしない。しかし、これがいけなかった。

「干物屋さんも来てみなよ。東京から男めがござっしゃったよ」

魚屋の女性が、隣の乾物店から別のおばちゃんを呼んだのだ。

すると、すぐに小柄なアイパーの女性が駆けつける。六十代くらいだろうか。昇を見るなり、好色そうな顔を浮かべた。

「あれまあ、しったげめんけごと」

「だべ？　東京から来なさったど」

魚屋が自分の手柄のように言う。するうち、どこで聞きつけたのか、さらに数人の中高年女性がわらわらと集まってきた。

「兄ちゃ、年さいくつ？」

「嫁っこはいるのけ」

「はぁ〜、まあ本当に男めだごと」

あっという間に囲まれ、昇はおばちゃん連中の恰好の餌食《えじき》となっていた。年上女性から異様に好かれるという彼の特質が、否応《いやおう》なしに引きつけてしまったようだ。

こうなると、お世辞に気をよくしている場合ではない。

人懐《ひとなつ》っこいというのか、市場のおばさん達は、平気で彼の身体をベタベタ触ってきた。

「こんた細《ほ》せぇ腕で、おなごさ抱けるのけ」

「バカこぐな。きっとアソコは立派なんだべ」

(困ったな……)

飛び交う会話の内容も、しだいに下世話になっていく。どうにか抜け出せないものかと思案していると、一人の女性が声をかけてきた。

「悪《わ》りがったね。姿見えねと思ったら、こんた所《とこ》さいたんだ」

三十代半ばくらいだろうか。瓜実顔《うりざねがお》で目鼻立ちのスッキリした秋田美女であった。

「え……と、あの――」

だが、まったく見覚えはない。とまどう昇に対し、女性は親しげに続ける。

「お待たせしたども、用意はできてます。せば、行くべ」

「はい。だけど……」

訳のわからぬうちに腕を引かれ、昇は中高年女性の輪から抜け出した。獲物《えもの》を奪われたおばさんらも、知り合いが来たならしょうがないとあっさり散っていく。もとより、いい暇つぶしの種くらいにしか思っていなかったのだろう。

だが、窮地から救われた彼は心底ホッとした。

「あの――ありがとうございます。どうしたらいいか困っていたもので」

「悪い人たちじゃないんだけどね。若い人を見ると、つい構いたくなるんだべ」

救いの女神は、改めて見ても美しかった。同じ秋田弁でも、彼女の口から出ると、なんとも安らぎを覚える響きだ。

女性はさほど派手な化粧をするでもなく、ベージュのVネックニットにデニムという普通の出《い》で立ちだが、どことなく華《はな》やかな雰囲気も感じられる。

気付くと、市場の出口だった。知人のフリをして出てきた手前、なんとなく女性の後についてきたが、もう一緒にいる理由はなくなってしまった。

昇はいったん立ち止まると、挨拶がてら改めてお礼を言う。

「お忙しいところ、すいませんでした。ありがとうございました」

すると、女性は意外そうな顔をした。

「あら、帰るんかい？　朝ご飯まだなんだべ？　わたしの店さ、すぐ近くだから食べていきなせ」

「え……。いや、でもそこまでご迷惑を掛けては――」

「もう、若い人がそったただ遠慮するもんでねえの。どうせ昨日の残りもんだし。一人で食べるよりか、二人のほうが美味しいべさ」

「そうですか。では、ご迷惑ついでにお言葉に甘えさせてもらいます」

「へば、決まりね。すぐそこだから」

袖触れあうも多生の縁という。昇も内心では美女とこのまま別れるのは惜しかったのだ。美熟女の強引さに引かれる形で、彼はご相伴《しょうばん》にあずかることにした。


女性の店は、秋田特産の比内地鶏《ひないじどり》を売りにした居酒屋だった。こぢんまりとしているが、落ち着いたいい店だ。

「すぐ用意するから、座って待ってて」

彼女の名前は高橋瑞紀《たかはしみずき》といった。二十八歳のときに店を開き、もう八年になるというから、現在三十六ということになる。昇よりちょうど十歳年上だ。

「こったたものしかないけど、遠慮せず食べてね」

「いただきます」

瑞紀は残りものと言ったが、小鉢が並んだ朝食は豪勢だった。メインには、わざわざハタハタを焼いて出してくれた。

「うわ、美味《うま》い。ご飯が進みますね」

「そう？　よかった。東京の人には、こんた田舎料理が珍しいんだべ」

実際、塩気の効いたおかずはどれも美味く、昇は朝だというのに二杯もお代わりするほどだった。

「ところで、お店は一人でやっていらっしゃるんですか」

「え？　……ああ、前は亭主もいたんだけどね――」

何気ない会話のつもりだったが、瑞紀の返事は途中で途切れてしまう。

「すみません。なんか僕、余計なこと……」

「ううん、気にしなぐていいの。それにほら、こんただ小さな店でしょ。わたし一人で十分。どうしても忙しい時は、アルバイトの子もお願いするし」

「あの……お手伝いさせてください。ご馳走になったお礼がしたいんです」

「そったごと――なんもたいしたことしたわけでないのに」

「店の掃除《そうじ》とか、皿洗いくらいならできます。そうしたいんです。その、ご迷惑でなければですが……」

なぜか昇は必死に手伝いを申し出ていた。夫の話を引き出すことになり、愁《うれ》いを帯びた瑞紀のまなざしに胸を衝《つ》かれたのだ。久しぶりに味わった家庭の味に感動したのも事実だった。

「せば、図々しくお願いしちゃおうかしら。今日のお仕事はいいの？」

「ええ、まだ時間はありますから。よろしくお願いします」

こうして昇は急遽《きゆうきよ》、店の手伝いをすることになった。

「へば、悪りいども店の外でも掃《は》いてもらえる？」

「はい。箒《ほうき》とちりとりをお借りします」

昇はスーツのジャケットを脱ぎ、シャツの袖をまくり上げて、早速店前の掃き掃除にかかる。

春風が肌に心地よかった。ひょんなことから開店準備を手伝うことになったが、彼の心は我知らず浮き立っていた。通りすがりの見知らぬ人が、「おはよう」「おはようさん」などと声をかけていく。丸の内で働いていては味わえない情景だ。

「外、掃き終わりました。今度は何をしましょう」

昇が店内に戻ると、瑞紀は仕入れた食材を整理しているところだった。

「そう。したら、こっちはもういいから、休んどいて」

「いえ、そういうわけには——洗い物が溜まってますね。やっちゃっていいですか」

「……ありがとうね。本当に助かるわ」

瑞紀は一瞬言葉を詰まらせ、礼を言った。その顔は笑みを浮かべていたが、心なしか目が潤《うる》んでいるようにも見える。

昇は懸命に皿洗いに励んだ。ふと見上げると、テキパキと働く瑞紀がいる。出会ったばかりなのに、彼女とは不思議と心の繋がりを感じる。手を動かしながら、思わず彼は年上女房と店を営む暮らしを夢想していた。

まもなくひと仕事を終え、休憩を取ることになった。店奥へ上がると和室があり、瑞紀はそこでお茶を淹《い》れてくれた。

「朝からすまねなあ。却《かえ》って難儀《なんぎ》かけてしまったみたいで」

「とんでもない。やりたくてしただけですから」

「片桐さんみたいな男の人さ、きっといい旦那さんになるべなあ」

「いえ、そんな……」

瑞紀におだてられ、昇は妙に照れてしまう。二人きりでいることが意識させられ、呼吸がし辛く感じられる。店内はまだ公共の場という気がしたが、生活感漂う和室は彼女のプライベートに踏み込んでいるようだ。

「そうだ、たしかいただいた茶菓子さあるんだった」

瑞紀はふと思い出したように言うと、振り向いて背後の茶箪笥《ちゃだんす》を探り出す。

（あっ……！）

そのとき昇は目撃した。後ろを向いた彼女が膝をつき、身を乗り出したため、デニムのウエストがずり落ちてしまい、肌が露《あら》わとなったのだ。一緒にパンティーも引っ張られたようで、尻のふんわりした盛り上がりまでが垣間見えたのだ。

それは、ほんの一瞬の出来事だった。

「──あった、あった。これ、『もろこし』っていうの。小豆《あずき》を焼いた、秋田の伝統菓子なのよ」

「あ……はあ、いただきます」

目に焼き付いた白い肌が忘れられない。昇の心臓はドキドキしたままだ。

「なしたの？　けったいな顔して。そったただ珍しい物でもないでしょう」

「え、ええ」

「ほらあ。見てないでこれ、け」

「い……いただきます」

け、とは秋田弁の独特なイントネーションで発される、「食べて」といったニュアンスの方言だ。動揺を覚られまいと、昇は菓子を口にする。

だが、味などまったく分からない。口の中の水分が奪われ、慌ててお茶で喉《のど》を潤す始末だった。

するとその様子を見ていた瑞紀がくつくつと笑い出す。

「もう、そっただ慌てるごとないべさ。ほら、ほっぺに付いてる」

彼女は言うと、卓袱台《ちゃぶだい》の上に身を乗り出し、彼の口の端に付いた菓子を、指で拭《ぬぐ》い取ってくれた。

しかし、そのせいで、今度は真っ正面から熟女の胸元を覗《のぞ》くことになる。ニットのVネックは緩く、ぷるんと吊り下がった膨らみをまともに目にしたのだ。

「うう……」

「ん。綺麗になった」

そして、瑞紀は指に付いた菓子をペロッと舐《な》めた。

わざとやっているのではないだろうか。昇の脳裏にそんな疑問が浮かんだとき、人妻の声の調子が変わった。

「さっき、わたしのお尻見てたでしょ」

「え……いや、その――」

「どう思った？」

「ど、どうって。えっと……」

明らかに様子が変だ。やはり挑発されていたのだろうか。昇が固まっていると、瑞紀はジリジリとそばへにじり寄ってきた。

「片桐さん、まだお仕事は大丈夫なの？」

「え、ええ。あと一時間くらいは……」

「オッパイ、触ってみる？」

瑞紀の目が妖しく光る。だが、相手は人妻だ。

「で、でも僕――」

「いいがら。こうして――ね？」

彼女はためらう昇の手をつかみ、ニットの中に導く。驚いたことに、彼女はブラジャーを着けていなかった。

「あん。男の手さ、気持ちいい」

瑞紀は彼の手の甲を押さえ、揉む仕草を促した。

しっとりした女の肌に触れ、昇は酔い心地になった。

「たっ、高橋さん。マズイですよ、こんなこと」

「イヤ。瑞紀って呼んで」

間近に迫る、悩ましい顔が下半身を疼《うず》かせる。

「で、でも、ご主人が――」

「わたしみたいなオバサンじゃダメ？」

「そんなことは……もちろん綺麗ですし、だからこそ」

「ああん、したらお願い」

人妻は甘えるような鼻声で言うと、自らニットを脱いでしまう。

雪のような白い肌が昇の目を眩《くら》ませる。

「うう、瑞紀さん……」

「昇くんのここも、いたわしげになってるべさ。ゆったりさせてあげねばね」

瑞紀はテントを張ったスラックスをめざとく見つけ、慣れた手つきでベルトを外し、一気に下着まで脱がせる。

まろび出た肉棒は張り詰めて、青筋を浮かべていた。

「はぁ、まんず立派なオチ×チンべさ。ちょしていい？」

「え……ちょし？」

言葉が分からず、昇は裸に剝《む》かれた恥ずかしさすら一瞬忘れる。

すると、瑞紀は彼に寄り添い、太茎に手を添えた。

「ちょす、っていうのはね、こったら風にして弄《いじ》ることよ」

彼女は言うなり、巻き付けた手を上下に動かす。

とたんに刺激が昇を襲った。

「はううっ。そんな、いきなりされたら――」

「んん？　なしたの。昇くん、エッチな顔してる」

「うぐ……だって」

紅潮する昇の顔を見ながら、瑞紀はうれしそうに陰茎を扱《しご》く。

「めんけなあ。オチ×チンの先っちょから、おつゆがいっぺあふれてきた」

「ふうっ、ふうっ」

「今度はわたしのもちょしてけれ」

彼女は言うと、器用に片手でデニムのボタンを外し、寛《くつろ》げる。ベージュのパンティーに包まれた下腹が、三十代半ばの人妻らしく、やや弛《ゆる》みぎみなのが妙になまめかしい。

「ほら、昇くんも、ここさ」

促され、昇は熟女の股間に手を伸ばす。しっとりと吸いつくような肌だ。指先をさらに奥へと進めると、恥毛の先にぬるりとした感触があった。

「んふうっ、感じるぅ」

「瑞紀さんも、こんなに濡れて」

「しったげ気持ちいいだもの。指で、もっとコリコリして」

「う……こ、こうですか？」

「んだ。上手――あはあっ」

昇の指が肉芽を擦ると、瑞紀は天を仰《あお》いで喘いだ。その反動か、肉棒を握る手にも力がこもり、今度は彼が呻くことになる。

「うぐっ……チ、チ×コが……」

「ハアッ、あんっ。もっと」

「ふうっ、ふうっ」

局部をまさぐり合う二人の手には、互いの愛液がまとわりついた。

「んああ、もう――辛抱たまらねぇの。昇くんのこれ、ちょうだい」

ついに瑞紀はたまりかねたらしく、座ったままで下を脱いだ。

「ああ、瑞紀さん――」

なだらかな稜線を描く秋田美女の丘は、一面の雪景色を見るようだった。その頂《いただき》に萌《も》え蔓延《はびこ》る草むらが、黒々と見事なコントラストを描いている。

その光景に昇が見惚《みと》れていると、瑞紀が上に跨がってきた。

「市場で見かけたときから、わたしのここが反応してしまったの」

立て膝になり、両手で女性器を寛げてみせる。

「瑞紀さんのが丸見えだ……」

ヌラつく花弁を仰ぎ見て、昇は思わず声に出していた。

やがて瑞紀が肉竿を手に取り、狙いを定めて腰を落としていく。

「んあ……入ってきた」

「う……ヌルヌルだ」

気付くと、肉棒は蜜壺に収まっていた。外では人々が働き出す朝の時間に、開店前の店奥では、若い男と熟妻が淫らな交わりに興じている。

「オチ×チンが中でピクピク動きさってる」

「本当にいいんですか。こんな風に——」

昇はまだどこかで亭主の存在を気にしていた。ましてや場所が場所だけに、突然の修羅場が訪れるということもあり得なくはない。

一方、瑞紀はまるで心配していないようだ。

「わたしのこと、悪い女と思ってるべさ。したっげ辛抱たまらんだもの」

彼女は言うと、おもむろに尻を揺り動かした。

「はうっ。うう、瑞紀さん……」

「あっ、あっ、許してけれ。これが、好ぎで好ぎでどもならんのよ」

口では謝りながらも、人妻はウットリとした表情を浮かべ、たっぷりした尻をゆっさゆっさと揺さぶった。

結合部がぬちゃくちゃと音を立て、肉棒は愉悦に喘ぐ。

「うはっ。きつ、気持ちいいです、瑞紀さん」

「んだなぁ……あっ、擦れる。んはあっ」

「ハアッ、ハアッ、おお……」

蜜壺は竿肌に吸い付くようだった。無数の襞が裏筋を撫で、昇は知らないうちに腰を浮かせていた。

「んっ、ああっ。先っぽが、奥に当たってるべさ」

瑞紀は、肉棒の感触を味わうように腰を蠢かす。市場で見ず知らずの青年を助けたのも、全ては欲望を満たすためだったらしい。本当に淫乱な女だ。

「はうう……ああっ、瑞紀さぁん」

熟女の貪欲さに呑まれ、いつしか昇も腰を突き上げていた。心の片隅《かたすみ》に残っていた気がかりも、肉体の欲求の前に消し飛んでしまっていた。

やがて瑞紀も疲れてきたのか、膝の屈伸で上下するのをやめ、前傾姿勢で両手をついたスタイルになる。

「しばらくしてなかったから、アソコさジンジンしてくるぅ」

「ふうっ、ふうっ。僕も——秋田でまさかこんな綺麗な人と、こんなことになるなんて思いもしなかったから……うはあっ」

思わず昇が口走った言葉に、瑞紀は笑みを浮かべる。

「ああん、昇くんってば。お世辞でもうれしいわ」

「お世辞なんかじゃ……ううっ。瑞紀さんは、本当に綺麗です」

「もう、めんけぇ子——」

瑞紀は言うと、感極まったように唇を塞《ふさ》いできた。すぐに水気をたたえた舌が滑り込み、濃厚に絡み合う。

「んふっ……んふうっ。昇くん」

「ふぁう、瑞紀さんのキス、エロい」

人妻は明らかに意識して、唾液を啜《すす》る下卑《げび》た音を立てて舌を吸った。顔にかかる熱い吐息は芳《かんば》しく、昇はそれを貪るように味わった。

その間にも、媚肉は太竿を擦り立てている。

「こっただ硬いの、初めて」

先ほどのお返しのつもりか、瑞紀が肉棒の硬さを褒めそやす。

しかし、昇が興奮しているのは事実だった。年上の女とばかり付き合ってきたからか、彼女のような初めての相手でも、不思議と安心して欲望を解放することができるのだ。

「ハアッ、ハアッ。オマ×コの中で、このまま蕩けてしまいそうだ」

「昇くんとわたしのが、溶けてひとつになっちゃうの」

「ああっ、瑞紀さんっ」

「もっと気持ちよぐなるべ」

瑞紀は言うと、再び身体を起こす。だが今度は、尻をねじりつけるように前後に動かすのだった。

そのせいで肉棒は、媚肉に揉みくちゃにされる感覚を味わうことになる。

「うはあっ、ああ、これもすごく気持ちいいです」

「んだな。わたしも、豆っこさ擦れて……んはあっ」

人妻が秘部を擦りつけるたび、グチュグチュと泡の潰れる音がする。

昇は目眩《めまい》にも似た感覚に襲われた。太竿の裏筋がゾワゾワし、陰嚢《いんのう》の奥から盛んに射精を促してくる。

「ハアッ、ハアッ。僕、もうダメそうです」

思わず弱音を吐くと、瑞紀も息を喘がせながら答えた。

「わたしも——はひいっ、良《え》ぐなってきた」

「ああっ、ダメです。出ちゃいます」

「出して。昇くんの濃いの、いっぺ……はううっ」

同時に果てようということだろう。瑞紀の腰使いは一層激しさを増す。

「んあっ、イッ……わたしも、もう——」

「ハアッ、おおっ。瑞紀さんっ、出る。出ちゃう」

「はぁん、イグッ、イグッ。イッちゃうっ」

熟女の喘ぎ乱れる姿に、昇はもはや辛抱たまらなかった。

「うぐっ……出ますっ！」

白濁は解き放たれた。どぴゅっと勢いよく飛び出し、子宮口に叩きつける。

とたんに瑞紀の下腹部がググッと持ち上がる。

「イイイーッ。イグッ、イッグううっ！」

訛《なま》りの分だけ語勢は強く、続けて彼女も絶頂した。

「――んはあぁぁ……」

胸の谷間に汗を浮かべ、瑞紀は大きく息を吐く。激しい腰の動きも、果てたあとは徐々に収束していった。

「ハアッ、ハアッ、ハアッ、ハアッ」

呼吸を整えながら、昇は絶頂の余韻に浸っていた。瑞紀はそんな彼に感謝するように覆い被さりキスをした。

「しったげ気持ちよがったなあ」

「僕も……最高でした」

「この後だども――お仕事は遅くまでかかるの？」

「え……？」

昇は質問の意図が分からず問い返す。

すると、瑞紀は切ない表情を浮かべた。

「夜にまた来てくれない？　手伝ってくれたお礼に、ご馳走させてほしいの」

そもそも店の手伝いは、昇が申し出たことであり、それ自体が市場で助けてもらったお礼のつもりだった。その意味から、彼女が言うことは矛盾しているが、潤んだ瞳を見れば、本心は明らかだ。

「分かりました。じゃあ、仕事が終わったら、またお邪魔させてもらいます」

「本当？　うれしい。せば、待ってる」

彼が承諾すると、瑞紀は晴れやかな笑顔になった。

再会を約束したところで、ようやく彼女が上から退く。結合が解かれた瞬間、媚肉はにちゃっと粘着質な音を立て、まだ半勃《はんだ》ちの肉棒との間に愛液の糸を引いた。

（こんなことをしていて、いいのだろうか……？）

昇の心には迷いが渦巻くが、彼自身、すでに淫らな秋田美女の肉体に惹《ひ》かれてしまっているのだった。


瑞紀の店を出てから、昇はホテルにチェックインし、本来の目的である得意先回りに出た。

彼の勤めるツダ電機は、大手メーカーのＯＥＭ供給先としては長年の実績がある。しかし、近年ではその技術を生かし、購買層を絞《しぼ》った家電の自社ブランド製品に注力していた。

今回の秋田出張は、その販路を拡大するためだ。

なので当然、昇が担当者を接待する側になる。ところが、店選びを相手に任せると、皆一様に地元の名物をこちらに食べさせたがった。

「近頃じゃ、東京でも食べられるんでしょうけど、いかがです？　やっぱ秋田のモンは秋田で食べねばね」

「ええ、確かに。全然違いますね」

しょっつる鍋やハタハタ寿司、いぶりがっこなどといった秋田名物を食べながら、昇は仕入れ担当者と商談に励んだ。

さすが地元の人間が選んだ店だけあって、料理はどれも美味かった。

だが、昇は今ひとつ味わうことに集中できない。頭の片隅に、瑞紀との約束がずっと尾を引いていたからだった。人妻の淫らな肢体が脳裏から離れない。

「――本日はお付き合いいただきまして、誠にありがとうございました。製品については、また詳しい説明をさせてもらいますので、何卒よろしくお願いします」

「ええ、こちらこそ。しかし片桐さんはまだお若いのに、しっかりなさってますなあ。ツダさんも安心だ」

取引相手に褒められ、昇はホッと胸をなで下ろす。なんとか商談だけはそつなくこなせたのが不思議なくらいだった。

夜になると、昇は待ちきれずに瑞紀の店に向かった。営業時間は聞いていたので、本当は店が引けてから訪ねるつもりだったが、ホテルに一人でいると、どうにも下半身が疼いて仕方がなかったのだ。

「ごめんください」

暖簾《のれん》をくぐると、店内は鶏の焼ける香ばしい匂いが立ちこめていた。

「いらっしゃい——あら」

カウンターで出迎えた瑞紀は、傍目《はため》にもうれしそうな顔をする。だが、さすがに他の客の手前、名前は呼ばなかった。

「何になさる？　おビール？」

「ええ。あと、何かつまむ物をください」

店内はそこそこ賑わっている。カウンターで盛り上がっているのは常連客だろうか。

昇は照れ臭さもあり、少し離れて端の席に着いた。

まもなく瑞紀が突き出しの小鉢と瓶ビール、グラスを持ってきた。

「お仕事お疲れさま。さ、おひとつどうぞ」

「ありがとうございます」

カウンター越しに酌を受けて、昇はビールで喉を潤した。

するとこの様子を見た中年客が声をかけてくる。

「あれ、瑞紀ちゃんよぉ。こっちとサービスが随分違うでねえの。男前《おとこめえ》の兄ちゃんと思って、早速唾《つば》つけてるんでねか」

「バカこぐでね。源《げん》さんには、いっつもサービスしてるでねか」

女将らしく、瑞紀は軽口で答えると、常連客の相手に戻る。

それからしばらくの間、昇はひとり静かに飲んでいた。

忙しそうに調理しながら、酔客を相手にする瑞紀もまた美しい。髪を後ろでまとめ上げ、割烹着《かっぽうぎ》姿で立ち働く姿は惚れ惚《ほ》れ《ぼ》れするようだ。割烹着の下は本格的な着物ではなく作務衣《さむえ》だったが、その佇まいは居酒屋と言うより、和食割烹の女将と言ったほうがしっくりくる。

だが、やがて昇は意外な話を耳にする。先ほど「源さん」と呼ばれた男ともう一人の常連客が、瑞紀とまた賑《にぎ》やかにやりとりを始めた。

「んだども、はぁ、タケ坊も安心してるべ。この店も、瑞紀ちゃんがこっただしてしっかり守ってるだからよ」

「タケ坊さ言うのはあれか、女将のコレのことだか」

もう一人のほうが親指を立ててみせる。

「もう、やめてけれ。ふたりとも」

「んだぞ、正《ただす》。コレとはなんだ。下品でねか」

源が「正」をたしなめると、瑞紀は言った。

「源さんもだってば——ほれ、今日は初めてのお客さんもいるだから」

彼女は昇にチラリと視線を送る。

しかし、すでに亭主の存在を知る昇は、さほど気にしてはいなかった。すでに間男になってしまっているだけに、後ろめたさはあるものの、瑞紀と自分の関係が他人に知られたわけではない。

常連同士のやりとりは続く。

「いいか、正。おめはここ二、三年くらいの新参だから知らねえだろうけんど、この店はな、元はタケ坊と瑞紀ちゃんの夫婦ふたりで立ち上げたんだぞ」

「はぁ、んだか。で、その亭主さどこさ行った」

「バカ、正っ！」

突然、源が怒鳴り声を上げる。驚く正に源は説明した。

「亡ぐなっただよ、四年前に——。ごめんな、瑞紀ちゃん。こいつさバカでよ」

「いいえ、いいのよ……」

驚いたのは昇も一緒だった。瑞紀の夫は亡くなっていたのだ。彼女が未亡人だと分かっていれば、間男の後ろめたさを感じることなどなかったのではないか。

（どうして教えてくれなかったのだろう）

常連客の相手をしながら、瑞紀が彼の様子を気にする素振りにも、なにか軽々しく立ち入れない事情を感じる。

（今日は帰ろうか——）

日本酒に切り替え、酔いも回り出した頃だった。昇が杯を置き、席を立とうとすると、慌てて瑞紀がカウンターを出て近づいてきた。

「お願い。まだ帰らないで」

他の客に聞かれないよう、彼女は小声で耳打ちしながら、こっそり昇の股間に手を当てる。

「あとで、ちゃんと説明するから」

ズボンの上から肉棒を揉みほぐし、懇願する人妻改め未亡人の色香に、昇も気を取り直して再び着席するしかなかった。

「噓《うそ》をつくつもりでなかったの」

閉店後、昇と二人きりになると、瑞紀は後片付けをしながら弁解した。

「だったら、どうして本当のことを言ってくれなかったんです？」

「したっけ……ここで死んだ旦那の話さしたら、旦那にどっかから見られてる気がして――」

客の汚した皿を洗いながら、瑞紀は寂しそうに笑ってみせる。

昇は胸を衝かれる思いがした。彼女にとって、店は亡き夫との思い出と不可分なのだ。そしてそれに反するような、昼間の誘い方の淫らさ。後ろめたさを覚えていたのは、むしろ彼女のほうだったのかもしれない。

「瑞紀さん」

昇はおもむろに立ち上がり、カウンターの裏に回り込む。

「ごめん。瑞紀さん、僕――」

「なしたの。昇く……あ」

背後から抱きすくめられ、瑞紀の仕事の手が止まる。

昇は割烹着の上から乳房を揉みしだいた。

「僕、瑞紀さんのことが好きです。会ったばかりで、こんなこと言うと信じてもらえないかもしれないけど」

後れ毛のこぼれたうなじから、女の匂いがする。

瑞紀は俯《うつむ》き加減になり、されるがままになっていた。

「ううん、うれしい。嘘でも――」

夫を亡くしてから女手ひとつで店を守ってきた未亡人の背中は、健気《けなげ》さと物侘《ものわび》しさに満ちていた。しかも、まだ三十半ばの女盛りで、これほどの美貌の持ち主だ。誘う男も数多《あまた》いることだろう。

そうして、亡き亭主に立てた操《みさお》と、自身の欲求不満の板ばさみでいたのだろう。地元で噂になるのを避けたのかもしれない。そんなときに現れたのが、昇だったのだ。

真実に多少の傷があったからと言って、誰が責められるだろうか。

「瑞紀さんの髪、いい匂いがします」

「や。汗かいて臭いでしょ」

「ううん、すごくいい匂いだ。たまりません」

昇は彼女の髪の根に鼻を埋め、一日働いた女の香りを吸い込んだ。まだ酔っているはずなのに、肉棒が芯を持ち始めている。

「すうーっ、はあーっ」

深呼吸しつつ、右手は割烹着の内側をまさぐっていく。そのまま作務衣のパンツに這い込み、パンティーの奥へと忍び込んでいった。

「あんっ、ダメ……」

瑞紀は思わず甘い声をあげる。

割れ目はすでにぐしょ濡れだった。指が柔らかい媚肉を求めると、ヌルリとした蜜液がまとわりついてきた。

「ハアッ、ハアッ。瑞紀さんのここ、洪水になってますよ」

「ああ、だって昇くんがクチュクチュするだもの」

「オマ×コ、気持ちいいですか」

「いいに決まって……んはあっ、そごっ」

敏感な箇所を刺激され、瑞紀は下腹部に力を入れる。

昇はこのとき奈々子から教わったことを思い出していた。性急に求めてはならない。まずは、じっくり女の感じる部分を責めるのだ。

「ここですか。ここが気持ちいいんですね」

指先が、包皮の剝けた肉芽を捕らえていた。ぷっくりと勃起した実は、小指の先ほどもあるように感じられる。

「あっ、ああん。気持ち……えぐなって……」

いまや瑞紀はカウンターに両手をつき、男の愛撫に身を任せていた。

「んんっ、んあっ。ダメ……そっただしたら、わたし」

「僕、今まで自分のことばかり考えていました。嘘をつかれたなんて思い込んで、瑞紀さんの辛い気持ちを考えようともせず」

「そんな……わたしが嘘ついただもの。昇くんさ欲しくて……あふうっ。悪りい女だべさ、許してけれ」

「今夜はいっぱい感じてください。僕なんかでよかったら」

左手は乳房をつかんだまま、昇は右手の中指を蜜壺に差し込んだ。

「はうっ、んあっ……本当に優しい人。好ぎになってしまいそう──」

「瑞紀さんっ」

蜜壺を掻き回すクチュクチュという音がする。

瑞紀は忙しなく息を吐きながら、ますます前のめりになっていく。

「ああ、もうダメ。イッちゃう」

「イッてください。瑞紀さんがイクところを見たい」

昇の愛撫する手にも力がこもる。鉤型《かぎがた》に曲げた指で、膣壁を刺激するように激しく上下させた。

「あっ、あっ、ダメ……イグッ、イッちゃううっ」

「瑞紀さん、瑞紀さんっ」

「んはあっ、昇くん。イイッ、イグッ——イグううっ！」

最後は自ら腰を振り、瑞紀は絶頂を貪った。蜜壺は指を食い締め、全身をガクガクと震えさせるのだった。

「ひいっ、ふうっ、ひいっ、ふうっ」

「イッた……んですか？」

昇が確かめるように訊ねると、瑞紀は息を切らせながら、愛おしそうに彼の腕を撫でさすった。

「こったただ素敵な可愛がられ方されたの、初めてだ」

欲望に火がついたふたりは、厨房を後にして和室へと移る。

瑞紀が仕事着を脱ぐと、色鮮やかな深紅のランジェリーが現れた。

「色っぽいですね。瑞紀さんの白い肌にとても似合っている」

「しょしな。久しぶりに着けたども、きつくて少しあんべ悪りみたい」

男の賞賛に未亡人は照れてみせる。昇は感動していた。彼女は夜に備えて、わざわざ下着を替えていたのだ。

畳にしどけなく座る熟女の太腿が艶っぽい。

昇も急いでシャツとズボンを脱いだ。朝方の情事では半ば押し倒された形だったが、今度は自分が彼女を愉悦へと導きたい。

しかし、瑞紀がふと言い出した。

「昇くんのオチ×チンさ、咥《くわ》えたぐなってきちゃった」

「ええ、もちろん――」

フェラチオしたいと言うのだろうか。それなら昇にも異論はない。

ところが、彼女の要求にはまだ先があった。

「だども、わたしがしゃぶるんでなく、昇くんに無理矢理押し込んでもらいたいの」

「え……無理矢理、ですか？」

「んだ。わたしの口さ、オマ×コだと思って犯してけれ」

昇はパンツに手をかけたまま、思わず絶句してしまう。口を犯す？ これまで彼はそんなサディスティックなプレイを試みたことはなかった。

「それって――いわゆるイラマチオってことですか」

「なんて呼ぶかは知らね。ね、早ぐ」

瑞紀は言うと、誘うように唇を丸く開いた。

昇はふいに鼓動《こどう》が高鳴るのを覚える。怖い気もするが、一度体験してみたいとも思う。急に指先が冷たくなったように感じられ、彼は震える手で下着を脱いだ。

「本当に、いいんですね」

怯える心とは裏腹に、逸物は隆々と勃起していた。

瑞紀は口で膣口を模しながら、小さく頷《うなず》く。

座る彼女の高さに合わせ、昇は勃起物をルージュの引かれた蜜壺に当てる。

「ふうっ、ふうっ」

興奮に息を荒らげているのは、昇のほうだった。亀頭は赤黒く張り詰め、鈴割れから早くも先走りが漏れ出ている。

それを濡れ光る女の唇に押し込むのだ。

「いきますよ……ふうっ」

「んんっ……」

「くはあっ、みっ、瑞紀さん」

肉棒が温かい粘膜に包まれ、戦慄《せんりつ》にも似た快感が駆け上がってくる。

だが、彼の行為は十分ではなかった。

「んふぁ……らめよ、もっと奥まで押し込んで」

「しかし……」

「いいから。わたしのことなら、慣れてるし平気だから」

されるの本人が言うのだ。こちらの腰が引けてしまっては、却って白《しら》ける結果になるだろう。

昇は改めて気合いを入れ、口マ×コめがけて肉棒を突く。

「じゃあ、遠慮なくいきますよ——はううっ」

「んぐうっ……」

すると、瑞紀は一瞬顔を顰《ひそ》め、妙な喉音を鳴らした。しかし、それで彼が引け腰になってしまわないよう、自ら顔を前に突き出してくる。

「ハアッ、ハアッ。ああ、瑞紀さん……」

昇は異様な興奮を覚えていた。この感覚は何だろう。肉傘が喉の奥に当たるのが分かる。

さらに瑞紀は手で陰嚢をまさぐり、抽送を促した。

「んふうっ、ふうっ」

「は、はい。じゃあ——」

意図は伝わり、昇は彼女の頭を抱え、腰を前後に動かし始める。

「ハアッ、ハアッ……あうぅ、たまらない」

「んぶっ、んっ、んんっ」

「はうっ。瑞紀さんの口マ×コ最高です」

「んーんっ、ぐぷっ、んふうっ」

気付くと、瑞紀の口の端からよだれがあふれ出していた。無理矢理突き込まれるために制御できないのだろう。苦しげな表情も、悩ましく見えてくる。

「ハアッ、ハアッ、ハアッ……ああ、やばいっ」

蜜壺を犯すのとは、明らかに違っていた。女を蹂躙《じゅうりん》しているという感覚がより意識させられ、背徳感にも似た感情が愉悦を呼び覚ますのだ。

「んぐっ、んっ、んふうっ」

瑞紀は短く息を吐き、男の欲望を受け入れている。

やがて彼女の手が昇の背後へと回り、菊門をくすぐってきた。

「うはあっ、ダメです。そんなことされたら――」

ついに一本の指が尻穴に忍び込んでくると、昇は限界を迎えた。

「はうっ、出るっ！」

止めようもなく、口中に大量の白濁液が放たれた。

「んぐっ……ごふっ。ごくっ」

受け止める瑞紀もさすがに嘔吐《えず》くが、ギリギリのところで耐え、男の精を喉を鳴らして飲み干した。

発射した後、あまりの気持ちよさに昇は虚脱状態だった。

「ハアッ、ハアッ、ハアッ。すいません、出ちゃいました」

「ううん、すごくよかったべさ。昇くんの濃いのがいっぺ出たね」

瑞紀も息を切らせていたが、その顔は満足そうだった。


口内発射した後も、肉棒は勃《た》ったままだった。

厨房では瑞紀が手マンで絶頂し、和室に移ると今度は昇がイラマチオで果てた。これで各々《おのおの》が一回ずつイッたというわけだ。

「わたし、もう我慢できね。昇くんが欲しい」

「僕も、瑞紀さんが欲しい」

ふたりが繋がることを欲したのは、当然の流れだった。

ごく自然に、昇が瑞紀の上に覆い被さる形になる。

「挿《い》れて、いいですか」

未亡人の唾液に塗《まみ》れた肉棒は、てらてら光り、反り返っていた。

「きて。いっぺ突いて」

迎える瑞紀の割れ目もまた、あふれる愛液でヌルついている。

昇が怒張した物を花弁にあてがう。

「あ……」

それだけでもう瑞紀は甘い声を漏らす。

熟女の敏感な反応を目《ま》の当《あ》たりにし、昇は俄然昂ぶった。

「瑞紀さんっ——」

「あふうっ」

太茎が貫くと、とたんに瑞紀は胸を喘がせる。

「ああ、これさ好き。昇くんの、太いオチ×チン」

すでに一度繋がってはいるが、彼女の言いぶりは、あたかも長年慣れ親しんできたかのようだった。

かたや昇の肉棒も、未亡人の蜜壷をしっかり記憶していた。

「瑞紀さんに包まれているみたいだ」

「突いて」

「うん」

請《こ》われるまでもなく、おのずと腰は動いていた。

「ハアッ、ハアッ、ハアッ」

「あっ、ああん。イイッ」

「すごい。瑞紀さんのアソコからジュースがあふれてくる」

ペニスを出し入れするたびに、花弁は蜜液を噴きこぼした。

「ハアッ、ハアッ。ああ……」

「んあっ、あふうっ、んんっ」

湧《わ》き出る泉はとめどなく、いかに彼女がセックスを渇望していたかが窺われる。

「もっと、ちょうだい。お願い」

白い肌を紅潮させ、胸を喘がせる熟女は淫らだった。男の繰り出す抽送を受け入れながらも、ときおり自ら腰を突き上げるさまが、溜まっていた欲求の強さを表わしているようだ。

「ヌルヌルして、気持ちいい……」

昇も息を切らせていた。最初は両手をつき、腰を振っていたが、しだいに物足りない気がしてきて、両脇に彼女の太腿を抱えた。

「ハアッ、ハアッ、瑞紀さんっ」

「んああっ、そごっ……奥に、当たるうっ」

「気持ちいいですか。僕も……ああっ、奥に当たって」

「好ぎっ。はひいっ、カリの出っ張りさ、抉《えぐ》れるの」

挿入の角度が変わると、瑞紀は敏感に反応を示した。顎を持ち上げ、背中を反らし、その反動で尻を蠢かすようにしたのだ。

そして彼女の昂ぶりは、抽送する昇をも鼓舞《こぶ》する。

「ハアッ、ハッ、ハッ、ハッ……瑞紀さぁん」

ピストンは激しさを増し、結合部をくちゅくちゅと鳴らした。

すると、瑞紀もより一層喘ぐ。

「あはあっ、イイッ。はうっ、昇くぅん」

突き上げられるたびに乳房を揺らし、身悶え、悦びの声をあげた。

ややあって、彼女が縋《すが》るような声を漏らした。

「ねえ、脚を……抱え上げて」

「脚を？」

「んだ。片脚だけ――足首さ、昇くんの肩に乗せるみたいにしてけれ」

突然の要求に昇はとまどってしまう。彼のレパートリーにはなかったため、どのような体位か想像がつかないのだ。

すると、瑞紀は自ら右足を振り上げた。

昇はとまどいながらも脚を受け取り、自分の肩に置く。

ところが、彼女は言うのだ。

「んでなくて。反対の肩に――んだ。クロスさせるみたいにして」

「こう……ですか？」

言われるままに、今度は右肩に乗せ替える。すると、相対する瑞紀は身体をやや捻《ひね》るような形になった。

「これが、松葉崩しっていう体位べさ。昇くんは初めて？」

「ええ。こんなの初めてです」

昇の素直な反応に、瑞紀は年上らしい慈しみの笑みを浮かべた。

「そうなの。どう？　オチ×ボさ、締めつけられる感じでねか」

「はい。確かに……」

瑞紀の脚が内側に捻る形になるため、媚肉が挟まれて締め付けがきつくなるようだ。

「ほれ、感心してねで動かしてけれ」

若い男に教えるのが楽しいのか、催促《さいそく》する顔もうれしそうだった。

昇とて異論はない。

「はい。では――」

「きて」

促されて昇は腰を振ろうとする。ところが、最初はうまくいかない。つい癖で上半身から突き込もうとするが、それだと彼女の脚が邪魔になり進めない。

「落ち着いて、腰だけ、押しつけるみたいに動かすようにするの」

「あ、はい……」

優しく瑞紀に指導され、腰から下だけを動かすようにする――と、今度はうまくいった。

「はうぅっ……あ、こうですね」

「んだ。上手――効ぐうっ」

「ハッ、ハッ、ハアッ」

挿入感は抜群だ。膣壁に圧迫される感じもさることながら、より深いところまで貫いているのが分かる。

その悦びは瑞紀も同様だった。

「んんっ、あはあっ、むふうっ」

ウットリとした表情を浮かべ、盛んに喘ぎを漏らす。無意識に身体が動いてしまうらしく、うねるさまは陸に上がった人魚のようだ。

「イイッ、あふっ……の、昇くぅん」

悩ましげな声で呼びかける瑞紀が手を差し伸べてくる。繋いでくれということだろう。

「瑞紀さん……」

昇は求めに応じて、その手を取った。

「あっ、あんっ。好ぎっ。もっと、突いて」

「僕も……くっ。ああ、なんかプリプリしたものが当たってる」

「当たって……はううっ。わたし、幸せ——」

快楽に眉根を寄せつつも、瑞紀の顔は輝いていた。夫に先立たれた後も、夫婦の愛の記憶である店をこれまでひとりで守ってきたのだ。女盛りに寂しく自分を慰める夜も、一度や二度ではなかっただろう。

溜まりに溜まった未亡人の渇きは、今、所を得て一気に解き放たれていた。

「今度は、わたしが上になっていい？」

「え、ええ。いいですよ」

未婚の昇にも、女の情念は伝わっていた。この場において彼女を満足させるには、本人の望みを叶《かな》えてやるのが一番なのだ。

それからふたりは複雑な体位を解きほぐし、昇が仰向《あおむ》けに横たわる恰好になった。

「やっぱり若いっていいね。ずっとビンビン」

いったん離れた隙《すき》に硬直を見て、瑞紀は惚れ惚れとしたように言う。

実際、愛液塗れの肉棒は、ビクともしない堅牢さを誇っていた。

「瑞紀さん」

仰向けの昇が誘うように呼びかける。

「んだ」

それに応じて、瑞紀が上に跨がった。

「挿《い》れるね――んふうっ」

「おおっ、入った」

直立した肉棒に、縦穴がぬるりと覆い被さる。

「昇くんと、ずっとこっただしていてえ――」

しみじみと漏らす彼女の言葉が、昇の胸に突き刺さる。ほんの一瞬だが、「それもいいかな」と思いかけ、慌てて否定する自分がいた。

その間にも、瑞紀は上で腰を振り始めていた。

「あんっ、ハアッ、あっ、ああん」

「うっ……はうっ、おっ、おおっ」

柔らかな媚肉が竿肌をねぶり回す。擦れ合うほどに、蜜壺はこなれ、蕩けていくようだった。

「はうっ、あっ、んんっ、イイッ」

瑞紀はやや前のめりの姿勢で、尻を振り上げ、打ち付けるようにした。彼女が尻を落とすたび、ぬちゃくちゃと濁った水音がした。

「ああ、瑞紀さん……」

昇はたまらず、目の上で揺れる乳房を両手で揉みしだく。

とたんに瑞紀が身悶える。

「あはあっ、イイッ……揉んで。力強く」

言われるまでもなく、昇は重たい膨らみを揉みくちゃにした。

「ああ、柔らかいオッパイ。乳首がビンビンだ」

「はぁん、ヤ……昇くんのスケベ」

乳首を指先で転がされると、瑞紀は堪えかねたように息を吐く。それでも尻の上げ下ろしは止まらない。

「あんっ、あっ、はひっ……ああん」

「ハアッ、ハアッ。おおっ、うう……」

結合部からあふれ出す牝汁は、昇の太腿を伝い、下の畳まで濡らしていた。夜更けの和室にふたりの喘ぎ声だけが響く。

「ハアッ、ハアッ。瑞紀さん、僕──」

昇はふと受け身でいるのに堪えられなくなり、上半身を起こした。

「ああっ、昇くん……」

向き合う形になると、瑞紀が舌を絡めてきた。

そして濃厚なキスが始まる。貪るような絡み合いは、互いの口中から唾液をすべて掻き取ろうとするようだった。

「レロッ、ちゅぼっ。んん……」

「ふぁう、瑞紀さ……ちゅぼっ」

熱のこもったキスはしばらく続き、唾液が盛んに交換された。その行為は愛欲を貪り、奪い取ろうとするのと同時に、悦びを与え合う行為でもあった。

だが、やがて瑞紀のほうから舌を解いた。

「わたしもう……気持ちよすぎて」

「僕も。ああ、こんなに気持ちいいのは初めてです」

「ねえ、昇くん。わたしの背中さ、支えててくれる？」

「え。それはどういう——」

昇がとまどっている間にも、瑞紀の顔は離れていく。

「こうするの」

彼女は言いながら、背中側に倒れ、後ろ手をついた。さらに片脚を振り上げたかと思うと、脹《ふく》ら脛《はぎ》を彼の肩に乗せたのだ。

昇はまだとまどいつつも、瑞紀の背中を両手で支える。

「なんだ。これ、すごい——」

「これも初めて？」

「もちろん、初めてですよ。なんですか、これ」

横から見ると、ふたりの身体は「レ」の字になっていた。後で調べると、「帆掛け茶臼《ちゃうす》」という体位らしいが、このときは仕掛けた彼女も呼称までは知らなかった。

だが、体位の呼び名などどうでもいいのだ。

「ほれ。こったたして、もっと気持ちよくなるべ」

「え……ええ」

瑞紀は窮屈《きゅうくつ》な姿勢で身体を支えねばならないので、おのずと昇が抽送の主導権を握ることになる。

「いきますよ――」

昇は宣言すると、おもむろに腰を突き上げた。

「それっ……はううっ」

「んはあっ、イイッ」

たったひと突きで、瑞紀は悦びの声をあげる。

彼女の腰を支えながら、尻だけで抽送するのは難しかった。体力的な負担は激しく、昇はすぐに息を切らせてしまう。

「ハッ、ハアッ、ハアッ、ぬう……」

だが、苦労するだけの快楽も返ってくる。何より肉棒と蜜壺の密着感がすばらしく、先ほどの松葉崩しよりも、さらに奥の奥を突いている感覚があった。

無論、瑞紀の反応もひとかたならない。

「あっひ……奥が……んああ、感じるぅ」

両腕で自分の身体を支えねばならないので、あまり暴れるわけにもいかないが、それでもイヤイヤするように身を揺すり、喜びを表わした。

ぐちゅっ、ぐちゅっ、と粘液の弾ける音が鳴る。

「わたしの中さ、オチ×チンが貫いているのが分かる」

「うぐっ……まるで瑞紀さんと一体になったみたいだ」

「ふたりで溶け合って……あんっ、泡になって消えてしまいたい――」

天井を向いて髪を振り乱し、悶える瑞紀は口走る。刹那的《せつなてき》な言葉の端々に、未亡人であることの悲哀が込められているようだった。

三十半ばの肉体は、まだ十分にみずみずしい。だが、欲求不満を溜める一方では、いつか生気を失い、枯れてしまうだろう。

「んはあっ、イイッ。オマ×コが、ヒグヒグする……」

女は男の精気を得て、再び生命の輝きを取り戻していた。

その変化は、昇にも見てとれた。

「ハアッ、ううっ、瑞紀さんっ」

窮屈な姿勢で昇は抉り打つ。自分の与える快楽が、ひとりの熟女を蘇《よみがえ》らせたのだ。

その精神的な満足感が、さらに肉体の愉悦となり返ってくるのを感じた。

しかし、やがてアクロバティックな体位に無理が生じてくる。

「み、瑞紀さん」

「んだな」

交歓し合うふたりは、それだけで通じていた。

瑞紀がそのまま背中を倒し、昇が上になろうとする。なるべく結合を解きたくないものだから、体位を変えるのには手間がかかった。

「ふうっ、ふうっ。よいしょ、っと」

「ああ……んん」

しばし協力して、彼らは正常位に戻ることができた。セックスは共同作業だ。こんなふうに男女が息を合わせて動くのも、達成感がある。

上になった昇は呼吸が上がり、顔を真っ赤にしていた。

「瑞紀さん。このまま最後までいきますよ」

「きて。滅茶苦茶にして」

見上げる瑞紀の瞳は紗《しゃ》がかかり、まるで夢でも見ているようだ。

ふるいつきたくなるような女だ。改めて見ても、彼女は色気たっぷりだった。外見の美しさや年齢だけではない。おそらく未亡人の内に秘めた切なさが、知らず男の下半身を疼かせるのだろう。

昇は本能的に腰を穿《うが》った。

「うわあっ、ハアッ、瑞紀さんっ」

「──はひいっ、あっ、昇くぅん」

襲いかかる衝撃に、瑞紀は思わず息を呑む。

「んああっ、そごっ。イイッ、イイッ」

彼女は貫かれるたび喘ぎ、ときおり声を掠れさせた。胸の谷間にうっすらと汗を浮かべ、揺れる乳首が悦ばしげに踊るのだった。

「ハアッ、ハアッ、ハアッ、ハアッ」

「あんっ、ああっ、はうっ、んんっ」

やがて抽送が快調なリズムを刻み始める。

蜜壺は牝汁を漏らしっぱなしだった。まるで元栓が壊れてしまったのかと思うほどだ。匂い立つジュースは花弁からあふれ、ダラダラとよだれを垂《た》らし続けた。

「瑞紀さん、これ、気持ちいいですか」

昇は欲情に駆られながらも、懸命に自分を抑え、抽送をコントロールした。奈々子から教わった「三浅一深」を心がけ、募る欲望をなだめていた。

するると、瑞紀も苦しい息の下で答える。

「あんっ、イイッ。昇くん、なんとも素敵だべさ」

「本当ですか。こんな風に……うぐぅ」

「あはあっ、んっ。とっても上手──わたし、おかしくなりそう」

最高の褒め言葉だった。相手を喜ばせようという彼の思いは、肉棒によってちゃんと伝わっていたのだ。

しかし、抑制《よくせい》された抽送も、やがて悦楽の高まりに押し流されていく。

「ハアッ、ハアッ。うう……うはあっ、もう我慢できない」

肉棒の疼きに耐えられず、昇の口から本音があふれ出る。

瑞紀もそれを歓迎した。

「きて。もういいから、昇くんの好きにしてっ」

ふいに下から手を伸ばし、彼を引き寄せると、夢中で舌を絡めだした。

「むぐぅ、ふうっ。瑞紀……さん」

「んあっ……好きよ、昇くん」

大人の女がこれほど乱れるのかと思うほど、瑞紀は彼の口中のみならず、顎や鼻までベロベロ舐め回した。

顔中彼女の唾液塗れにされた昇は、お返しに狂ったように腰を振った。

「ううっ、ハアッ。ああっ、瑞紀さぁん」

「あっ、あっ、イイッ……ダメえっ、昇くぅん」

青年の激しい欲求に揺さぶられ、熟女は身悶える。

長い抽送にボルテージは最高潮を迎えていた。ここに至り、もはや駆け引きや技巧は必要ない。後は互いに頂点を目指すばかりだ。

「ああっ、ハアッ、ハアッ、ハアッ」

昇はおのずと太腿を抱え込み、蜜壺の奥を突きに突いた。

受ける瑞紀の背中が弓なりに反っていく。

「んはあっ、イッ……壊して。もっと、突いてえっ」

乱れる瑞紀は、自分でも何を言っているのか分からないようだった。爪で畳を毟《むし》りながら、本能的に腰を突き上げていた。

肉棒は限界だった。爆発の予兆が否応なく押し寄せてくる。

「うう、僕もう、イキそうですっ」

「いいよ、イッて。わたしも――はひいっ」

瑞紀もときおり身を捩り、絶頂が近いことを訴えた。

「うわあああっ、瑞紀さぁん」

昇は滅茶苦茶に突いた。もうこれきりで腰が壊れてもいいというように、媚肉を抉り、蜜壺を掻き回す。

「あっ、あっ、ダメ……私が先に、イグッ。イッちゃう」

「このまま出して——イッちゃっていいですか」

「出して。昇くんの濃いやつ、わたしの中に全部出してえっ」

「イキますよ。本当に——はううっ、出るっ！」

宣言すると同時に、肉棒は白濁液を噴き出していた。一瞬、昇は頭が真っ白になる。愉悦が脊柱《せきちゅう》を貫いて、存在が蜜壺の中に溶け入るのを感じた。

「んあぁっ、イイッ。感じるうっ」

相前後して、瑞紀も頂点へと至る。中に出されたことが、彼女に最後の一歩を踏み出させたようだった。

「イイッ、イグッ、イグううっ」

それまで反っていた背中がググッと丸まり、下腹がヒクヒクと蠢いた。反対に足指の先はピンと反り返り、足場を失いながらも踏ん張るようだった。

「んはあっ、イイッ……」

絶頂は長く続き、膣道が痙攣《けいれん》を起こし始める。

その衝撃で、肉竿に残った精子も搾り取られる。

「うぐっ。ううっ」

「あああ、イイ……」

イキ果てた瑞紀はやがてグッタリするが、下腹部の蠕動《ぜんどう》はしばらく収まらなかった。

「ハアッ、ハアッ、ハアッ、ハアッ」

昇は息を切らせながら、ゆっくりと肉棒を抜いていく。

「——はうっ」

「ううっ」

抜け落ちる瞬間、互いの敏感な部分が刺激され、さらにふたりを愉悦の残滓《ざんし》が襲う。

花弁はしばらく口を開いたままだった。白く泡立つよだれを垂らし、満ち足りたように息づいているのだった。

別れはあっさりとしたものだった。あれほど濃密に繋がった割には、意外と思えるほどだった。

「明日、東京へ帰ります」

告げる昇には一抹《いちまつ》の苦悩があった。

しかし、服を着直した瑞紀に後を引きずる影はない。

「んだな。まんずお仕事けっぱってけれ」

「瑞紀さん、僕――」

「なしただ、そったただ情けない顔して。一人前《いちにんめ》の男さ、おなごの前で格好つけないでなんとするべさ」

瑞紀は笑顔さえ浮かべて、彼を送り出してくれたのだった。

情がないのではない。むしろその反対だった。昇の人生を思えばこそ、きっぱりと別れを告げたのだ。

すでに深夜を回っていたが、昇は瑞紀の家には泊まらず、ホテルで仮眠し、翌朝帰路についた。少し後ろ髪を引かれながらも、瑞紀とのいい思い出だけを残し、秋田を後にするのだった。

第三章　愛知・名古屋セレブ後妻のおもてなし

秋田から戻った昇を待っていたのは、名古屋への新たな出張の指示だった。

今回会う相手は、中京一円に展開する大手の家電小売チェーンの山田《やまだ》社長。昇の勧めるツダ電機は、新製品で攻勢をかけるプロジェクトを進めており、名古屋は必ず押さえておきたい市場なのだ。そこの小売チェーンの社長とは、ぜひとも親交を深めておきたいというわけだった。

ろくに希美と過ごす間もなく、昇は名古屋駅に降り立った。その足で客先へと向かう。

山田社長は一代で会社を築き、いまや地域でも一、二を争うトップ企業に成長させた傑物《けつぶつ》だ。すでに七十近いが、年齢を感じさせないエネルギーに満ちた人物だった。

「どうかね、ここのひつまぶしは。他ではなかなか食べられん味でしょう」

「はい、それはもう。本当に箸《はし》が止まりません」

昇は料亭のような店の佇まいに緊張しながらも、絶品の名物に舌鼓《したつづみ》を打つ。ご飯にのった鰻《うなぎ》のかば焼きは脂《あぶら》が乗って、いくらでも食べられそうだ。

青年の素直な反応に、老社長は豪快に笑った。

「そりゃあよかった――しかし、一気に全部食べてまってはいかんわ。一杯目はそのまま、二杯目は薬味を載せて、そんで三杯目に出汁《だし》をかけて食うのが醍醐味《だいごみ》というモンだがね」

「そうでしたか。あまり美味しいものでつい」

「ええよ、ええよ。若い人はそうでなくてはいかんわ」

山田社長は言いながらも、さらに肝焼《きもや》きやう巻きを追加注文した。

しかし、昇としては名物にうつつを抜かしている場合ではない。自社のアピールをしなければならなかった。

「ところで、社長。今度弊社では、新婚家庭向けに白物家電セットを押し出していきたいと考えているのですが」

「ほう」

「夏のボーナス商戦に向けて、御社でもジューンブライドセールにご協賛願えないでしょうか」

昇は懸命に提案するが、実際の商談自体はすでに会社同士でほぼまとまっている。国と国の外交のようなもので、実質的な合意は事務方レベルで話し合い、トップが出てくるのは形式的な辞令にすぎない。

そこで昇の役割は、いわば親善大使のようなものだった。

それでも懸命にアピールしようとする若者を見て、叩き上げの老経営者はいたく気に入ったようだった。

「まあ、ここで長居するのもなんだし、どうかね？　あとは我が家でじっくりと懇親を深めるというのは」

「え……あ、ぜひ。ありがとうございます！」

突然自宅に招待され、昇はとまどいながらも手応えを感じていた。


山田社長の自宅は、名古屋市内でも有数の高級住宅地にあった。

いったんホテルに引き上げた昇は、夕方になり、改めてタクシーで向かう。教えられた住所を運転手に伝えると、

「あー、山田さんのお屋敷だね」

と即座に行き先を当てられた。地域ではかなり知られた家らしい。

しかし到着すると、すぐに有名なわけが分かった。周囲も豪邸ばかりなのだが、山田邸は、その中でもひときわ目立つ白亜の館であった。

来訪を告げ、門を通ると、まず目についたのがプールだ。海外の映画でしか見たことがないような広さで、都内ではまずお目にかかれないだろう。門から屋敷までの距離も遠く、しがないサラリーマンの昇は圧倒されてしまう。

「スーツを着替えてきてよかった」

さすが地域随一の小売チェーンを築き上げただけはある。妙に納得しながらやっと建物に近づくと、今度は声もかけていないのに、重厚な玄関扉がさっと開いた。

「いらっしゃいませ。片桐さまですね。お待ちしておりました」

「あ……はあ。お邪魔いたします」

現れたのは、髪をビシッと七三に分けたスーツ姿の男性だった。一分の隙もない。物腰や態度から見るに、社長の秘書か執事といったところだろうか。

男性に通されたのは、応接間のようだった。見るからに高級そうな家具調度に囲まれ、落ち着かないで待っていると、まもなく山田がやってきた。

「やあ、片桐さん。よく来てくれたね」

「お言葉に甘えて伺《うかが》いました。しかし、すごい豪邸ですね」

昇が若者らしい無遠慮さで言うと、山田は悪戯っぽく笑う。

「近所じゃ、いかにも成金趣味と言われとうよ。わしとしちゃあ、本当は名古屋城みたくしたかったけどが、コレが許してくれんかったんでね」

そう言って小指を立てる山田社長。瀟洒《しょうしゃ》な洋館に似つかわしくないざっくばらんな仕草に、苦労人らしい人柄が表われていた。

「――まあ、積もる話はディナーでも食べながらしましょうや。その口うるさいワイフも紹介したいで」


山田に連れられて、次に案内された食堂もまた圧巻だった。

「片桐さんは、そっちの席に座ってちょうよ」

「はい、失礼します」

長いテーブルは、優に十人は座れそうだ。社長の子供たちはすでに独立し、現在自宅には妻とふたりだと聞いている。昇にはまったく想像のつかない日常だった。

それを言ったら、山田は自宅だというのにジャケットを着ていた。さすがにネクタイまではしていないものの、賓客《ひんきゃく》をもてなす主人の威厳が感じられる。

「ワイフを待っとられんで、食前酒でも先に始めましょうか――おい」

山田が手をかざすと、どこからともなく蝶タイ姿の男がワゴンを運んでくる。

「片桐さんに合うと思って、用意させたんだわ」

「恐縮です」

昇は答えながら、蝶タイ男が注《そそ》いだグラスを受け取る。だが、いずれにせよワインの善し悪しなど分からないのだ。

山田はグラスを掲げて言った。

「ツダ電機さんおよび我が社の発展と、片桐さんとの親睦《しんぼく》を祝って、乾杯」

「乾杯。いただきます」

いつしか蝶タイ男は消えていた。玄関で会ったスーツ男とは別人だ。一体、この家には何人の使用人がいるのだろう。

そうして山田と食前酒をたしなんでいると、待望の社長の妻が食堂に現れた。

「ようこそおいでくださいました。妻の梨華《りか》です」

彼女をひと目見るなり、昇は固まってしまう。梨華は驚くような美女であると同時に、あまりに若かったのだ。老齢の山田と並ぶと、妻と言うより娘のようだった。

「片桐と申します。この度はお招きに預かりまして――」

昇は無意識に席を立ち、深く一礼して挨拶をする。

その様子を見て、山田が愉快そうに笑った。

「そんな堅苦しくせんでも。コレが話しとったワイフだがね」

「まあ。わたしの知らんところで、どんな悪口言ってたのかしら」

梨華は夫を睨む真似をしながら、昇の対面の席に腰掛ける。

それからディナーが始まった。メインは名古屋特産のコーチンを使った鶏料理で、途中姿を見せた料理人は、どうやら特別に呼び寄せたようだった。

「コーチンは、やっぱり炭火で焼いたのが美味いがね。こんなこまっしゃくれた料理なんぞ、わしは好かん」

「そんなこと言ったらシェフに失礼よ。もう、困った人ね——片桐さんはいかが？コーチンの香草焼き、お好みでなかった？」

「は……いえ、とても美味しいです」

夫婦のやりとりに相槌を打ちながら、昇は機械的に料理を口に運ぶ。

身の締まったコーチンは肉自体の味も濃く、香草に負けない旨味があった。だが、正直味などよく分からない。セレブな雰囲気に呑まれていたのもあるが、それ以上に梨華のゴージャスな美妻ぶりに、気もそぞろだったのだ。

三十歳の梨華は、山田の後妻であった。鼻筋の通った顔立ちに、ぱっちりとした目。

自信に満ちた表情は、美女のオーラを放っている。

深紅のロングドレスは見るも艶《あで》やかで、大胆に肩を露出《ろしゅつ》したデザインだった。明るく染めた髪をこれでもかと盛り、メイクもかなり派手に感じる。豪邸に合わせ、ヨーロッパの貴婦人風を装ったと思われるが、あざといまでの色香はむしろ、高級ラウンジのナンバーワン嬢といった感じだ。

「ところで、片桐さんはやっぱり東京にはお詳しいんでしょう？　銀座なんかもよくいらっしゃるの？」

「ええ、まあ。会社が丸の内ですので、通りがかる程度ですが」

「わたしもね、ブルガリなどにはちょくちょく伺うの。どこかでお目にかかっていたかもしれないわね」

食卓での座談の主導権は、いつしか梨華が握っていた。仕事では豪腕をふるう山田も年齢には勝てないのか、ワインの酔いも伴って聞き役に回っている。

昇が適当に調子を合わせていると、しだいに梨華は身を乗り出してきた。

「片桐さんは、お幾つでしたっけ」

「今年、二十六になりました」

「まあ、お若いのね。羨ましいわ」

「そんな……奥様も、僕とほとんど変わらないじゃないですか」

年齢の話になり、昇は気にして社長を横目で見やる。しかし、山田は意に介していないらしく、好々爺《こうこうや》のように目を細めてふたりの会話を聞いていた。

それにしても気になるのが、後妻の胸元だ。肩出しドレスは、彼女が前のめりになるほど胸の膨らみを強調するようだった。

「たった四歳というけど、男の人の二十代と、女の三十では全然違うわ。しかも、わたしは結婚しちゃっているし」

「はあ。そういうものでしょうか」

「そうよ。だってほら――」

梨華は言うと、目顔で上座を示す。いつの間にか、山田はうたた寝していた。

「ね？　家に縛られた人妻なんて、あっという間に老けてしまうの」

彼女は言いながら、指で胸元のネックレスを弄っている。そのせいで避けようとしながらも、昇の視線はどうしても引きつけられてしまう。

「奥様はお幸せですよ。山田社長のような、立派なご主人と一緒になられて――僕みたいな若造が生意気を言うようですけど」

昇は歯の浮くようなお追従《ついしょう》を言いながら、懸命に主人の存在を意識しようとした。

しかし意思とは裏腹に、目にする後妻の肌はなんとも悩ましく、下半身を重苦しくさせるのだった。

「今、恋人はいらっしゃるの？」

唐突な質問に、昇はハッとして目を上げる。

まともにぶつかった梨華の目は笑っているようだった。まるで、「わたしのオッパイを見ていたでしょう？」とでも言いたげにも見える。

昇は慌てて咳払いをし、理性を働かせようとする。

「え、ええ。まあ……」

「そうよね。昇さんみたいな素敵な方、女が放っておくはずがありませんもの」

梨華の瞳が妖しく光っていた。黙っていると冷たくすら見える顔立ちが、このときばかりは感情の揺らめきを垣間見せたようだった。

「いえ、僕など……恐縮です」

もはや昇はお追従すら言えず、口の中でモゴモゴと答えることしかできない。梨華に下の名前で呼ばれたことが、胸を鋭く突き刺したのだ。

ちょうどそのときだった。うたた寝していた山田がふと目を覚ます。

「いや、失敬——今夜は楽しくて、つい気分が良くなってまったようだわ。片桐さん、どうかね。今夜はもう遅いし、うちに泊まっていったら」

「あ、いえ。そこまでご迷惑を掛けるわけには――」

「あら、いいじゃない。ぜひそうしていらして。お部屋ならいっぱいあるから」

どうやら夫婦ともに気に入られたらしく、結局昇は山田邸に泊めてもらうことになった。


夕食を終えると、昇は二階の客間へ通された。

案内してくれたのは、例の執事らしき男だ。

「バスルームは奥にございます。そちらに替えのお召し物も用意してあります」

「あ。ご丁寧にどうも……」

昇は恐縮して答える。一流ホテルのＶＩＰルームのような部屋に圧倒されてしまったのだ。ベッドもひとりで寝るには大きすぎるほどだった。

「朝食は八時頃を予定しておりますが、いかがなさいますか？」

「……え？　ああ、大丈夫です」

「よろしければ、モーニングコールを差し上げますが」

執事は抑揚のない口調と同じく、表情も貼り付いたように変わらず、どこか底の窺い知れない不気味さがあった。とはいえ、物腰は丁寧そのものであり、昇のような若い男に対しても、賓客を遇する敬意を欠くことはなかった。

昇がモーニングコールを固辞すると、執事は言った。

「かしこまりました。では、何かご用があれば、内線一番でお申し付けください」

「ありがとうございます」

「失礼いたします。お休みなさいませ」

執事は深く一礼すると、きびすを返し、部屋から出て行こうとする。

ようやく独りになれる。昇はホッとしかけたが、そのとき執事が思い出したように振り向いた。

「お部屋のドアですが、内鍵は掛けずにお願いいたします」

「え？　あ、はあ……」

何を言い出すのかと昇が思っているうちに、すでに執事の姿は消えていた。

「ふうーっ。やれやれ、だ」

緊張から解放された昇はスーツを脱ぐと、思い切り伸びをしてベッドに倒れ込む。

執事が言い残した言葉が少し気にかかるが、おそらく防災上の理由か何かだろうと思い、深く考えないことにした。

それにしても、山田邸はどこまでも豪奢《ごうしゃ》だった。専用バスルームのある客間など、映画の中だけの話だと思っていた。昇のような普通の人間には、およそ想像のつかないセレブの世界だ。

ともあれ汗を流そうと、バスルームへ向かう。脱衣所には清潔なタオルが積まれ、言われたとおり下着の替えまで用意されていた。それも客の嗜好《しこう》で選べるよう、ブリーフからトランクスまで取りそろえてある。

(こういう細かい気遣いは、梨華さんがしているのかな——)

昇は服を脱いでバスルームに入りながら、心の中とはいえ、後妻を名前で呼んでいることに胸の高まりを覚える。

シャワーの熱い湯が気持ちよかった。だが、思い浮かぶのは、梨華がものを食べる口元や、身を乗り出したときの胸の膨らみばかりだった。

「ハアッ、ハアッ」

いつしか昇は自慰していた。社長の自宅で、その妻を思いながらする自涜《じとく》は背徳感に満ちていた。気付いたときには、風呂の床に大量の白濁液をブチまけていた。

汗を流し、一発抜いた昇はスッキリした気分でベッドに入った。

「七時に起きよう」

スマホのアラームをセットし、肌触りのいい毛布を被る。結局、用意されていた下着やパジャマは着なかった。なんとなく遠慮したというのもあるが、室温が心地よく、せっかくだからアメリカ映画のように裸で寝てみたかったのだ。一日穿いた自前のパンツが唯一気を削ぐものの、それくらいはたいしたことではない。

消灯《しょうとう》すると、昇はすぐ眠りについた。緊張の疲れがどっと出たのだ。

それからどれくらい経っただろう。昇はふと暗がりの中で目覚めた。

部屋のドアが開き、人影がさっと滑り込んでくる気配を感じたのだ。

（え……）

混乱する昇の鼻に甘いフレグランスが漂ってくる。

人影はベッドに近づいてくるようだ。だが、彼はまだ目を開けられない。きっと妄想の続きを夢に見ているにちがいない。

そうしている間にも、衣擦《きぬず》れの音はベッド脇にまで辿り着いたらしい。

「うふふ。寝たふりしちゃって、可愛い」

梨華の声が言った。香水の匂いは、ますます強く鼻を打つ。

心臓がドキドキしていた。夫とひとつ屋根の下にいながら、若い男の寝込みを襲う妻などあり得ないではないか。

やはり夢かもしれない。昇は、まるでそうすれば幻が消えるとでもいうように、恐る恐る薄目を開けてみる。

(ああ……)

彼は見たことを後悔した。こちらを覗き込む梨華とまともに目が合ってしまったのだ。薄闇に浮かぶ後妻の微笑は、ゾクッとするほど艶っぽい。

「昇さんがそういうのがええんなら、そうしようで」

梨華は独り合点したように言うと、ベッドに腰掛けた。

一体、どうするつもりだろう。昇は不安と期待に身を焦《こ》がす。垣間見た人妻のネグリジェ姿が、まぶたの裏に浮かんでは消える。

すると、手が毛布の中に滑り込んできた。

「パジャマ、着ないで寝るんだ」

囁きかけるように言いながら、梨華は昇の肩から胸を撫で回す。

「それとも、わたしが来ることを期待してた？」

「いえ、そんな……」

思わず昇は返事をしてしまう。梨華の声が勝ち誇るように言った。

「やっぱり、起きてたんだ」

細い指先が、悪戯をたしなめるように乳首をトントンと叩く。

昇の呼吸は浅くなる。

「ふうっ、ふうっ」

「うふっ。乳首が勃ってきとる」

「お、奥さま……」

「イヤ。そんな言い方」

梨華は言うと、乳首をつねってきた。

「はうっ、う……」

「ハァ、昇さんのお肌ってスベスベね」

しみじみとした口調に、後妻の本音が含まれているようだった。

ソフトタッチのマッサージは、さらに微妙な箇所へと伸びていく。

「ん……パンツは穿いとったんね。でも、もうビンビンでハミ出とうよ」

指摘のとおりペニスは勃起し、ずれた下着から亀頭が飛び出していた。

その一番敏感な部分を梨華は手のひらに包む。

「昇さんのここ、チンチンになっとるで」

「ううっ……」

チ×チンがチンチンになっているとは、どういうことだろう。後で調べると、地元の言葉でチンチンとは、「熱くなっている」という意味らしいが、このときの昇はそれどころではなかった。

やがて梨華の手は下着の中に潜り込み、陰茎を握っていた。

「でら大きくて、硬いでかんわ。こんな感触、久しぶり」

「ハアッ、ハアッ。ああ……」

裏筋を指の腹でやさしく扱かれ、昇は懊悩《おうのう》する。気持ちいい。だが、頭の隅にはまだ理性が残っていた。

「奥さま、いけません。こんなこと──」

昇はついに目を開き、悪戯する人妻に訴えた。

ところが、梨華は一向に扱く手を止めない。

「こんなこと、って？　こういうこと？」

それどころか建前で語る彼をなじるように、握力を強くするのだった。

昇はたまらず天を仰ぐ。

「うはあっ……りっ、梨華さん！」

「うれしいわ。やっと名前で呼んでくれた」

「冗談で言ってるんじゃないんです。本当に……うぅっ。こんなところを社長に見られたら――」

「大丈夫よ。あの人、一度寝たら朝まで起きんの」

「しかし……」

「本当よ。年寄りの割に、寝付きはすごくいいんだから」

本来は、山田が起きてくるかどうかが問題なのではない。梨華が意図的に論点をずらしているのは明らかだ。

だが、昇自身もとっくに一線を踏み越えていた。その気なら、彼女の手が肉棒に触れる前に止められたはずなのだ。しかし現実は、快楽を受け入れていたのである。

「ねえ、昇さんの元気なオチ×チンを見せて」

梨華は言うと、毛布を取りのけてしまう。

いきり立つ肉棒は、すでに半分がたパンツからハミ出していた。

「うう……マズイですよ」

「どうして？　こんなに美味しそうなのに」

梨華はからかうように言いながら、本格的にベッドに乗り、彼の脚を開かせて、その間に座る。

ネグリジェの生地は薄く透けていた。ブラは着けておらず、たゆたう乳房が丸見えだった。

梨華は彼の下着を脱がせ、太竿の前にかがみ込む。

「ん～、男の匂い。食べちゃう――」

そして大きく口を開き、舌を伸ばして肉傘を舐めた。

昇の背筋に電撃が走る。

「はううっ、梨華さんっ」

「美味し。おつゆもいっぱい」

太茎の根元を指で支え持ちながら、剝き出しの粘膜を愛《め》でるように舐める。

「あんっ。若い子のオチ×チン好き」

「ハアッ、ハアッ。ああ……」

「あなたをひと目見たときから、こうしたかったのよ」

「ああ、そんなエロい目で……ふうっ」

「昇さんは？　夕食のとき、わたしの胸を見てたでしょ」

「ううっ、それは――」

やはりバレていたのだ。欲望を見透かされた羞恥《しゅうち》に全身が熱くなる。

レースのカーテンより薄いネグリジェは、ほとんど飾りに過ぎなかった。大きく開いた襟元から、ふたつの揺れる膨らみが見てとれる。

そして、梨華はついに肉棒を丸呑みにした。

「じゅるっ……おいひ」

真っ赤なルージュを塗った唇が、怒張を咥え込む。梨華は瞳をギラつかせ、顔を歪めながら一心に肉棒をしゃぶった。

「んふうっ、じゅるるっ」

「ハアッ、ハアッ」

イヤラシすぎる。誰がこうなることを予想しただろうか。人妻の吸いつきは激しく、昇から理性を奪っていった。

肉棒にしゃぶりつく下卑《げび》た音が暗い部屋に響く。

「ああ、硬い。こんなのが欲しかった……」

梨華は夢中で咥えながら、何度も太竿の硬さを称《たた》えた。

愉悦に浸る昇は息を切らす。

「ふうっ、ふうっ。おお……」

「フニャチンはもう沢山。やっぱりオチ×チンは硬くないと」

「うう……梨華さんに、こんな風にしゃぶられたら誰だって——」

「そんなことないわ。そんなこと……」

梨華のまなざしからは執念すら窺える。比べているのは、老齢の夫であることは明らかだった。

「ハアッ、ハアッ。ううっ……」

だが、昇に返す言葉などあるはずもない。山田は大事な取引相手だ。本来なら歓心を買うべく努力するところを裏切るような真似をして、その上さらに精力自慢などできるわけがない。

一方、梨華に欲求不満があるのもまた事実だった。

「んふうっ。青筋立ったオチ×チン、反り返ってるの」

口中で舌を巻き付けるようにして、若い肉棒を味わい尽くしている。

だが、後妻の欲望の深さは、昇が想像する以上だった。

「んぐ、じゅるっ。むふうっ」

一心にしゃぶる梨華を見ると、彼女は空いた手で自慰していたのだ。

(すごい。フェラしながらオナってる)

身を伏せて肉棒を咥え込む一方で、自ら媚肉を弄っているではないか。彼の側からでは細部までは見えないものの、ときおり尻をヒクつかせる様子が淫らだった。

「んっ、んっ。じゅぽっ、んふうっ」

愛人の奈々子ですら、こんなことはしない。普通のセックスではまずお目にかかれない光景だ。快楽を貪り急ぐあまりだろうか、梨華はまるで昇を使ってオナニーをしているようにも見える。

「ぷはっ……もうたまらんわ。オチ×チン、いいでしょう？」

「ええ。僕も──」

「オマ×コに挿《い》れたい？」

「はい」

「正直な子ね」

梨華は言うと、おもむろに起き上がる。

ところが、ネグリジェを脱ごうとはしない。ブラこそ着けていないものの、パンティーは穿いていた。

どうするつもりか見ていると、彼女は膝立ちでネグリジェの裾をまくり上げた。

「ほら、見て。このショーツ、Oフロントなのよ」

ただでさえ面積の小さいパンティーは、真ん中がパックリと開いていた。女性器が丸見えだ。機能的にはまったく意味をなさない下着だった。

股布のあるべき位置で、ヌラつくラビアが濡れ光っていた。周りを布地が囲むことにより、そこだけが強調され、却って何も穿いていないよりもいやらしく見える。

昇は生唾をごくりと飲む。

「すごい……」

「このままエッチできるんだわ。便利でしょう」

梨華は得意そうな顔をして、怒張の上に跨がる。

なんとスケベな人妻だろう。セックスすることだけを目的とした装いだった。もしかすると、ディナーのときからすでに、ドレスの下は準備万端だったのかもしれないとすら思わされる。

「うふっ、ずっと硬いままでいてくれるのね」

梨華の手が肉棒を逆手につかむ。

「梨華さん……」

「今からぁ、梨華のオマ×コにぃ、昇くんの勃起チ×チンをぉ、挿《い》れちゃうのぉ」

顔を上気させ、語尾を子供っぽく伸ばして言いながら、人妻が先走りのあふれる肉傘めがけてゆっくりと腰を落としていく。

そして、ぬめる粘膜同士が触れ合った。

「あっふ……」

「おお……」

硬直が花弁を通り抜けるとき、ぬちゃっと粘った音がした。

梨華は熱い湯に入るように、そろそろと腰を沈める。

「あ……。ああっ、熱いのが入ってきた」

「梨華さんの中も、あったかい」

やがて蜜壺は肉棒をすっぽりと呑み込んでいた。

「んああ、最高だがね」

梨華はしみじみと言い、充溢感を心ゆくまで味わっているようだ。

昇の眼前には絶景が広がっていた。派手な盛り髪メイクの梨華は、俗に言う「名古屋嬢」の典型だ。その三十路ギャルが夜這いを仕掛けてくるだけでも勃起ものなのに、その上淫乱セレブ妻ときた。

「オチ×チンが、中で膨れ上がっていくみたい」

もちろんその通りだ。いつしか昇は夫に露見する不安が薄れていき、代わりに興奮と欲望がいや増していくのを覚えていた。

「梨華さん、僕――」

思わず昇は後妻の太腿に手を伸ばす。

それをきっかけとするように、梨華は尻を上下させ始めた。

「あんっ……ハアッ、いいわ」

「おうっ……ああ、梨華さん」

始まりは、ゆっくりとしたものだった。梨華は膝の屈伸だけで尻を揺らし、大きなリズムでグラインドする。

「んっ。ああん、ステキ」

「ええ。気持ちいいです」

「そう？　わたしのオマ×コ好き？」

梨華は喘ぎながらも、決して焦《あせ》らなかった。まずは、互いの相性を確かめようということだろうか。

かたや昇は、すでに焦燥感に駆られ始めている。

「――ハアッ、おお……ヌルヌルして。うう……」

今すぐ思い切り突きたい。だが、彼女がセックスをフルコースで楽しもうとしている意図は伝わっていた。現在は前菜を済まし、やっとスープが出てきたところ。いきなり肉をせがむのは、テーブルマナーにもとると言うものだ。

しかし、梨華も興奮しているのは明らかだった。

「あっふ……んああ、奥に当たる」

ウットリとした表情を浮かべ、懸命に抑制しようとしているのが分かる。尻を持ち上げ、下ろすたびに、悩ましく眉根を寄せるのだった。

まもなく尻の動きは、上下から前後へと変わっていった。

「あんっ、ふうっ。あっ、こうすると擦れる……」

「ええ、分かります。梨華さんのクリが当たって……ううっ」

直立していた上半身が前のめりになり、梨華は両手を彼のお腹に置いた。

「んふうっ、昇さんも感じる？」

「もちろん……ふうっ、気持ちいいです」

「昇さんも、わたしとこうしたかった？」

「──はい」

快楽の前に建前はいともたやすく払いのけられてしまう。梨華とディナーで出会ったとき、すでに不倫の扉は開かれていたのだ。

梨華は男を誘惑する術《すべ》を心得ていた。老獪《ろうかい》な経営者であるはずの山田ですら、世間体を顧《かえり》みず、年の離れた彼女を後妻に迎え入れたほどである。ましてや若い昇など、赤子の手を捻るようなものだろう。

「オチ×チン……ああっ、すごい」

梨華が腰を捻るたび、ぬちゃくちゃとぬめった音がする。

「うう……」

肉棒は蜜壺にいたぶられ、愉悦はいや増していく。

「あっ、あん。感じる、ああん」

快楽に没頭する梨華の姿には、悦楽に飢えていた後妻の欲望が感じられた。

昇の興奮もいや増していく。

「――梨華さんっ」

彼は呼びかけると、突然両手を双乳へと伸ばした。

「な……あんっ、昇さんたら」

ビクッと身悶える梨華だが、その顔はうれしそうだった。

薄い生地の上から柔らかな果実を揉みしだく。十分熟してはいるが、まだまだ水気たっぷりで張りもある。

「ハアッ、ハアッ。きれいなオッパイですね」

下からすくい上げるように、円を描くようにして丸みを愛でる。

梨華も敏感な反応を見せた。

「はううっ……昇さんの触り方、エッチだわ。でら感じてまう」

「僕も――滅茶苦茶興奮します」

「うれしい。もっと、もっと梨華で感じてぇ」

梨華は喘ぎつつ、自分の手を重ねて愛撫を促す。まるで乳房を揉み潰してくれと言わんばかりだ。

「ハンッ、ああん、ステキ……」

「ハアッ、ハアッ、梨華さん……」

ネグリジェに浮かぶ尖りが卑猥《ひわい》だった。勃起した乳首が透けて見える。

昇はたまらず起き上がり、生地の上からむしゃぶりついた。

「はむっ――」

「んああっ、イッ……」

すると、梨華は一瞬驚いたように息を呑んだ。

昇は生地ごと尖りを吸い、舌で転がす。

「ふむうっ、ちゅぱっ。レロッ」

「ああっ、ダメ。もっとして」

「梨華さん……ああ、ここも勃ってますよ」

「やんっ。そんな風にされたら——好きになっちゃう」

梨華は感極まったような声で喘ぎ、両腕で彼の頭を抱え込んだ。

女の匂いに抱かれ、昇は息苦しさを覚えながらも、夢中で乳房を吸った。

「むふうっ、ふうっ、ふうっ」

「はうぅ……んっ。ああ……」

梨華は昇の頭をかき抱《いだ》きながら訴えた。

「いつもこんなことをしてるなんて思わんで」

「分かっています。そんな風に思ってません」

肉悦に耽りながらも、梨華は弁解するように言った。自分が人妻であることは重々理解しているのだ。悦《よろこ》びのなかにも背徳感がかいま見られるようだった。

昇はそんな彼女を愛しいと思った。

「梨華さん、可愛いよ梨華さん」

「ああっ、もっと強く抱きしめてえっ」

もはや後妻は貪欲さを隠そうともしない。

「ああん、昇さん」

彼女は胸に抱いた昇を押し倒し、唇を重ねた。

「好きよ。好き――」

それは重ねるというより、むしゃぶりつくといったほうが合っていた。半開きの唇から舌が伸ばされ、互いの口中で濃厚に絡み合う。

「んふぁ……梨華……さん」

「んん……できることなら、昇さんとずっとこうしていたい」

口走る梨華だが、そんなことができるはずもないことは分かっている。また、叶うとしても、本気でするつもりもないだろう。

昇にしても、それくらいは理解している。だが、たとえ快楽に溺れた末の戯《ざ》れ言《ごと》にしろ、美麗なセレブ妻に言われれば、うれしいに決まっている。

「ああ、梨華さん。可愛い人だ」

思わず口からあふれた言葉だった。本来なら、年齢も社会的地位も上の相手に言うべきことではなかったかもしれない。

だが、梨華は彼の垣根を越えた甘い囁きに喜んだ。

「そんなこと言われたの、久しぶりだわ。うれしい――」

思いを表わそうと、再び濃厚に舌を絡める。さらにお留守になりがちだった下半身を改めて蠢かした。

「んはあっ、あんっ、ああっ」

「はうっ、ハアッ、おおっ」

いまや梨華は彼の上に身体を預け、抱きついた状態で尻だけを動かしていた。

「うんっ、んっ。はうっ、あんっ」

愛液はとめどなく湧き、結合部からあふれ出していた。人妻は忙しなく喘ぎながら、背中を丸め、尻を引きつけるように前後した。

「おお……ハアッ、ううっ、ああ」

かたや牝汁漬けの肉棒も喘いでいた。媚肉は太竿をしんねりと包み込み、ぬめりと凹凸で煽り立ててくる。

悦楽は双方向で影響し合い、反復するごとに増幅していった。

「ハアッ、ハアッ、ハアッ、ハアッ」

「あんっ、ああっ、うんっ、はううっ」

しかし、梨華の尻振りだけでは物足りなくなってくる。熱い息を吐き、うなじを真っ赤に染めた彼女の肉体が訴えかけてくる。

昇も同じ気持ちだった。そこで彼は梨華の臀部をつかみ、支えにすると、おもむろに下から腰を突き上げた。

「ぬあっ……ハアッ、ああっ、梨華さんっ」

「はひっ……の、昇さんっ」

不意を突かれた梨華は身悶える。

「うふうっ、んんっ、ああん、ステキ」

声高く喘ぎ、全身で悦びを表わした。毛穴から汗が噴き出し、肉体はより一層熱を帯びたようだった。

反動から括約筋《かつやくきん》が締まり、蜜壺が肉棒をきつく締める。

「うはっ。ううっ、締まる……」

「あはあっ、イイッ。もっと、もっとお願い」

「ハアッ、ハアッ、梨華さんっ」

「硬いのでいたぶって。グチャグチャに掻き回してえっ」

「梨華さんっ、きっ、気持ちいい」

期待に応えようと、昇は懸命に突き上げた。

だが一方、梨華もまた感じ入るほどに自分も尻を振りたてた。

「あっ、あんっ、ああっ、イイッ」

「ハアッ、ハアッ、ハアッ、ハアッ」

初対面のふたりが、肉の交わりを通じて心を通わせていた。突き上げ、あるいは振り下ろす側が互いに息を合わせ、しだいにリズムが整ってくる。

Oフロントのパンティーは、いまや互いの愛液でビチャビチャだった。

「あんっ、ダメ。もうイクッ」

やがて梨華が限界を訴えてくる。

昇も同様だった。媚肉の摩擦で肉棒は煙を噴き上げていた。

「ハアッ、ハアッ、僕も……イキそうです」

「なら一緒に、一緒にイこう」

「いいんですか。このまま──」

「出して。梨華のオマ×コに……ああっ、ダメ、イッちゃううっ」

梨華がグッと腰を引きつけたとき、蜜壺が太竿を締め上げた。

「はうっ、ダメだ。出るっ！」

言うが早いか、昇は人妻の中に白濁液を放っていた。

ほぼ同時に梨華が身を反らす。

「んあああーっ、イクッ。イックうううっ！」

部屋中に響く声で喘ぎ、踏ん張るような恰好で射精を受け止める。

「んぐ……んふうっ、ああダメ――」

絶頂の余韻に身を震わせながら、梨華はゆっくりと尻の動きを収めていった。

事を終えた梨華は満足そうだった。

「いきなりこんなことになってごめんなさいね。でも、すごく良かったわ。久しぶりに本気でイッちゃった」

「そんな……。僕も、最高でした。ただ――」

「大丈夫。あの人に言ったりしないわ。もうこれきり。一夜の夢だと思って、忘れてちょうだい」

彼女は安心させるように言うと、音もなく部屋から出て行った。

ひとりになった昇は、しばらく放心状態だった。行為中は忘れていた罪悪感がまたぞろ首をもたげてくる。誘惑に負けてしまった。だが、済んだことは仕方がない。梨華の言葉を信じることにして、シャワーを浴びるとまた眠りにつくのだった。

夢の中で、昇は上司に責め立てられていた。何か大きな失敗を犯してしまったらしく、もう大事な仕事を任せられないと言うのだ。

「すみません。二度と同じ過《あやま》ちは繰り返しませんから」

昇は平身低頭謝るが、上司の機嫌は直らない。

ところが、そこへなぜか部外者の奈々子が現れる。彼女はセクシーなボンデージ姿で彼に近づき、なまめかしい声で囁いた。

「諦《あきら》めたらそこでおしまいよ。昇ちゃん、あなたのいいところは何度でも立ち上がれることなんだから」

上司の見る前で、奈々子の手がパンツに差し込まれ、股間を揉みしだき始めた――。

「うう……」

昇はうなされて目が覚める。ベッドの中だ。寝ぼけ眼《まなこ》で夢見の悪さを苦く思っていると、足下に人の気配を感じた。

「起こしちゃった？」

梨華だ。自分の寝室に戻ったはずの彼女が、股間に居座っていた。

「どうしたんです、一体――」

何気に時計を見ると、夜中の二時過ぎだった。

「久しぶりに燃えちゃったもんで、眠れなかったの」

「はあ……」

「ごめんなさい。わたしもさっきはこれきりと思ったんだけど、やっぱり昇さんのことが忘れられなくて」

梨華は言うと、両手で肉棒の裏筋をなで始めた。

昇の目が一気に覚める。

「はうっ……り、梨華さん」

「ねえ、ダメ？　もう一回だけ」

改めて見れば、梨華はすでに全裸だった。さっきはネグリジェ越しだった乳房も丸出しだ。

それを言ったら、昇自身も素っ裸だった。寝ている間にパンツを脱がされたのだ。

股間に突っ伏した梨華は、袋ごとマッサージしながら誘惑する。

「さっきは最高だったわ。昇さんのオチ×チン、大きくて硬いんですもの」

「梨華さん、そんなことされたら――」

「わたしのこと、淫乱な女だと思ってるでしょう」

「ううっ……そ、そんなこと」

「いいのよ。実際そうなんだから——でも、これだけは分かって欲しいの。寂しいのよ。わたしだって女ですもの、お金だけじゃ満たされないものもあるわ」

梨華は思いを吐露すると、舌を伸ばして竿裏を舐めあげた。

「はうっ、梨華さんっ」

「んん、オチ×チンの匂いがする」

熱のこもった舌使いには、彼女の真実が含まれているようだった。

結局、この若い後妻は夫に満足していないのだ。いくら山田が年の割に壮健だとはいえ、夜の営みまではさすがに限度があるのだろう。

せっかく昇が現れた機会に、ヤリ溜めしておきたい気持ちは分からないでもない。

「あん、もう大きくなってきた」

梨華がうれしそうな声をあげる。

昇には当たり前のことでも、彼女からすれば特別なのだ。そして精力の強さこそ、彼にとって唯一の武器でもある。

梨華はカリ首を舐め回し、鈴割れに浮かぶ先走りを啜りながら喘いだ。

「わたしだけのオモチャにしたいくらい——」

「ハアッ、ハアッ」

肉棒は完全に勃起していた。昇は自分の性器に執着する後妻を可愛いと思った。

「梨華さんっ」

「――あっ」

昇はおもむろに起き上がり、梨華を押し倒していた。

「僕も、梨華さんが欲しくなりました。挿《い》れていいですか」

仰向けになった梨華は顔を上気させ、期待に潤んだ瞳で見上げる。

「きて。お願い」

三十路妻は脚を広げ、秘部を見せつけるようにした。すると、そこにはあるべき毛がまるでないのだ。先ほどはパンティーに隠れて気がつかなかったが、彼女は恥毛をツルツルに剃《そ》りあげていた。

「なんていやらしい。丸見えですよ」

「そうなの。サロンでときどきお手入れしてるのよ。あの人もそうしてくれ、って言うもんで」

恥毛のない割れ目は、見慣れないうちはなんとも奇妙に感じる。しかし、それが亭主の要望だと知ると、昇の心境にも変化が起きてきた。妻にそこまでさせておいて、ろくに抱かないというのは犯罪的にすら思える。

「梨華さん――」

昇は覆い被さり、怒張を花弁に突き刺した。

「あっふう……ステキ」

「ああ、梨華さんのオマ×コ、あったかい」

「カチカチのオチ×チンが入って……んふうっ」

求められる悦びが、梨華の顔を輝かせる。

昇は両手をつき、抽送を繰り出した。

「ハアッ、ハアッ、おお……」

「んっ、あんっ、イイ……」

すでにぬめりは十分だった。硬直に貫かれるたび、蜜壺はぬちゃくちゃと湿った音を立てる。

「あんっ、ハアッ。いっぱい突いて」

「ううっ、すごい。ヌルヌルがまとわりついてくる」

「昇さんが――昇さんのオチ×チンが、濡れさせているのよ」

梨華は喘ぎ、蕩けた表情を見せる。これまで女盛りの身体は飢えて渇ききっていたのだ。しかし今、媚肉に満たされるべきものを満たされ、メイクや高価なアクセサリーでも敵《かな》わない、内からの美を放っていた。

「あっ、ああっ。イイッ、んんっ」

「ハアッ、ハアッ、ハアッ」

昇が突けば突くほど蜜壺はこなれ、太茎を包み込んだ。掻き回される愛液が泡となり、毛のない丘にあふれ出る。

「ハァン、あんっ。奥まで、もっとぉ」

貪欲な後妻の媚肉が締めつけてくる。梨華は胸を喘がせ、自らも腰を突き上げるようにして、悦楽を貪った。

だが、やがてセレブ妻らしい顔も覗かせる。

「キスして。ねえ、早くぅ」

潤んだ瞳で唇を突き出し、命令するようにキスをねだる。

しかし、欲情したが故のわがままも可愛いものだ。昇は要望通り、身を伏せて舌を絡めた。

「レロッ……んむうっ、梨華さん」

「ふぁう……んん、昇さんのキスも好き」

「可愛い。可愛いよ、梨華さん」

「んふうっ、うれし……大好き」

腰をぶつけ合いながら、ふたりは劣情に任せて唾液を啜り合う。

すると、梨華が彼の背中に脚を絡めてきた。

「あんっ、こうして奥に当たるのがいいの」

「おっふ……ううっ、なんか当たってます」

「わたしのポルチオ。中でも、昇さんとキスしているわ」

切なげに見上げる後妻の顔は、妖しげに輝いていた。毛のない恥丘を擦りつけるようにして、よがり悶えている。

「エロ……」

女の太腿に縛められ、昇は日常の平衡感覚が崩れていくのを感じていた。

「ああん、クリが擦れちゃう」

甘えた声で喘ぐ梨華。彼女は淫乱だが、バカではない。大経営者の妻として、自分が周囲からどう見られているかも理解しているのだろう。トロフィーワイフ。そこここで囁かれるやっかみや侮蔑に対し、美貌を磨《みが》くことで対抗《たいこう》してきたのだ。

それだけに、たまさか与えられた欲悦のひとときを逃すはずもない。

「ハアン、あんっ、奥に当たるぅ」

「ハアッ、ハアッ、ああ……」

まだ人生経験の少ない昇にも、その情念は伝わっていた。吸いつく媚肉が肉棒に訴えかけてくるのだ。

もっと彼女を感じさせたい。自分も気持ちよくなりたい。思いは募り、彼は行動に出ていた。

「梨華さんっ……」

繋がったまま、グッと身体を迫《せ》り上げる。おのずと梨華の腰が浮き、花弁が上を向く形になった。

「あっ……の、昇さん!?」

意表を突かれた梨華が目を見開く。巻き付けていた脚も自然に解けていた。

いわゆるマングリ返しの体勢だ。昇は上から彼女を見下ろしていた。

「思い切り、突いちゃっていいですか」

「いいわ——昇さんって、意外とワイルドなのね」

「梨華さんが、そうさせたんですよ」

「わたしが淫乱だから？」

組み伏せられながらも、梨華は挑発する。だが、今度は昇も負けていない。

「ええ。梨華さんがエロいから、興奮しちゃいました」

「バカ――」

最後の「バカ」は、女が気を許したときのニュアンスが含まれていた。

これに昇は発憤《はっぷん》し、抽送を始めた。

「ああっ、梨華さんっ」

「んああっ、ダメ……いきなり。ああん」

上から叩きつけられ、梨華は苦しそうな息を吐く。

昇は覆い被さって、夢中で肉棒を振り下ろした。

「ハアッ、ハアッ、おおっ」

蜜壺がぬちゃくちゃ鳴る音とともに、肉と肉がぶつかり合う、ぴたんぴたんという乾いた音が重なる。

花弁はよだれを噴きこぼしながら、悦楽の呻き声をあげる。

「梨華さん、気持ちいいですか」

「ええ……あんっ、とっても。昇さんは？」

「僕も。ううっ、たまんないです」

打ち下ろされる肉棒が、穴を出たり入ったりするたびに、竿肌にぬめりをまとって見え隠れした。

身体を丸めた梨華には、その様子がよく見えていた。

「ハァン、いやらしい。昇さんのオチ×チンが、わたしのオマ×コに突き刺さって──はひいっ」

「教えてください。どんな感じになっていますか」

「カチカチの太いのが、ビラビラに埋もれて……あふうっ、言わせるの？　昇さんって、顔に似合わず変態っぽいのね」

最初に夜這いを仕掛け、ずっと主導権を握ってきた梨華が、青年からの言葉責めに初めて受け身になっていた。

「あんっ、はううっ、イイッ」

しかし、その顔には悦楽の表情が浮かんでいる。一回目の行為がペニスを使った梨華のオナニーだったとすれば、今回は双方向に意思を通い合わせた、真の意味でのセックスと言えよう。

それだけに昇の快感もひとしおだった。

「ハアッ、ハアッ、くおぉ……」

アクロバティックな体位は、かなりの体力を消耗する。だが、同時にセレブ妻をものにしているという実感も、ひとかたならない。

しだいに媚肉は肥大し、肉棒を締めつけてくる。

「ふうっ、ふうっ。ううっ……」

「んああっ、ハアッ、イイ……」

ふたりの吐く息がときに重なり、絶妙なリズムを刻んだ。

しかし、やはり飢えていた後妻の欲望が勝ちを占める。

「ああ……やっぱり、上がいい。上になりたい」

「え？　ええ、いいですけど——」

「わたしが昇さんを抱くの。じゃなきゃイヤなの」

梨華の自尊心の高さが表われていた。これだけの美女だ。独身時代は男を侍《はべ》らせ、思い通りに従えていただろう。それがセレブ妻となり、親子ほど年の離れた偉大な亭主の嫁として、自我を抑える場面もあったに違いない。

昇にそこまで複雑な女の機微は分からなかったが、彼も生来受け身の質《たち》だった。年上の女の言うとおりにしていれば、愉悦が待っていることは理解していた。

「じゃあ、このまま——」

「そう。離れんでね」

梨華が腕を差しのばし、彼の首に巻き付ける。

昇は彼女の腰を支え、ゆっくりと後ろに倒れていく。

「いきますよ。せーの……」

「んっ」

「ふんっ」

うまくいった。結合を解かずに、梨華が上になることに成功した。

梨華の綺麗にセットした髪は、すっかり寝乱れていた。だが、それがかえってセクシーに見える。

「こんなに気持ちよくて、楽しいエッチは久しぶり」

昇の腹に両手を置いた梨華が、艶然と微笑《ほほえ》む。その顔は、ゾクッとするような色気を感じさせると同時に、彼女の素《す》を覗かせる愛らしさもあった。

「僕も——梨華さんとだったら……」

「ダメ。その先は言わんでいいの」

梨華ははねつけるように言うと、おもむろに尻を揺さぶった。

「あっ、あんっ、これ、イイッ」

「あうっ……り、梨華さん……」

突然襲った快感に、昇の言葉は途切れてしまう。だが彼自身、その先に何を言おうとしていたのか、自分でも分かっていなかった。

そこは年の功か、むしろ梨華のほうが彼の感情を理解していたようだ。

「あんっ、ああっ。今が気持ちよければ、それでいいの」

一心に腰を揺らし、快楽に身を委《ゆだ》ねた。所詮は叶わぬ未来の約束事めいた言葉など、聞きたくなかったのだろう。

悦びは、今ここにある。まるでそう言いたげに思える腰使いだった。

「ンハアッ、ひいっ。オチ×チンが、ずっと硬いまま」

「ハアッ、ハアッ。気持ち、良すぎます……」

「中で、ドンドン膨らんでいくみたい」

「ああっ、梨華さんのオマ×コが、絡みついて離れない」

仰向けになった昇は息を喘がせる。全神経が肉棒一点に集中していくのが感じられた。蜜壺は蠢き、絡みついて、無数の触手が撫でさするようだ。

梨華もウットリとして、尻を前後左右に揺さぶり回した。

「はううっ、んっ。硬いの、好き」

熱い息を吐き、腰を反らせて身悶える。悦楽を貪らんとする女の性が、この一夜に全てを吐き出そうとでもしているようだった。

梨華は天を仰ぎ、無我夢中で腰を振った。

「あんっ、ああっ……おかしく……なっちゃう」

「ハアッ、ハアッ。僕も……もうダメかも」

「このまま、イッてもいい？」

「イッて……ください。ううっ……」

波打つ人妻の身体は熱く燃えていた。乳房を揺らし、毛のない丘を擦りつけて、結合の悦びを全身で表わしている。

埋もれる肉棒もまた、快楽に息を切らせていた。

「おうっ……ハアッ、梨華さん。出てしまいます」

「出すの？　いいわ。出して、全部」

「いいんですか、本当に……ああ、締まる」

蜜壺は実際に細かく震えているようだった。媚肉がスクリュー回転しているのかと思われるほどだ。

「ああっ、ハアン。イイッ、イッちゃう……」

かたや梨華も絶頂へ向かって喘いでいる。腰使いも、上下運動から挽《ひ》き臼《うす》を回すような動きに変化していく。

「んふうっ、もうダメ。わたし、イク……イッちゃうのぉ」

それは悦楽の表白であると同時に、女としての勝利宣言でもあった。

「あっふ……んんっ！」

梨華が力んだ瞬間、蜜壺が引き絞られた。

昇はあえなく白旗を揚《あ》げる。

「ぐはっ……出ますっ」

この夜、三度目とは思えないほど、大量の白濁液が吐き出された。

すると、梨華の身体が思い切り弓なりに反った。

「はううっ、イイッ。イクッ、イッちゃううっ」

くぐもった唸り声を上げながら、恥丘を擦りつける。彼女もイッたのだ。しかし、
絶頂は一瞬ではなく長く続いた。

「あんっ、ンハアッ。イイイイーッ」

跨がった内腿が緊張し、中に放たれた牡汁《おすじる》を一滴残らず搾り取る。

媚肉の不随意運動は、果てたはずの肉棒をさらに虐めた。

「うはっ、また……ううっ」

「昇さん、すご……はひぃっ」

しまいには下腹部全体を痙攣させて、梨華はこの日二度目のアクメを貪った。

激しい絶頂に、果ててしばらくはふたりとも身動きすらできなかった。

「ああ……」

梨華は気が抜けたように、昇の上にガクリと倒れ込む。

昇はその肉体をただ受け止めることしかできない。

「ハアッ、ハアッ、ハアッ、ハアッ」

「良かったわ。とても」

「ええ、僕も……最高でした」

「今日のことは忘れないわ。きっと」

「梨華さん……」

昇は胸を衝かれる。梨華の声が寂しかったような気がしたのだ。玉の輿といっても、後妻の暮らしは案外つまらないのかもしれない。

ところが、やがて顔を上げた梨華の顔は晴れやかだった。

「ふたりだけの秘密ができてまったね」

「え？　……ええ、ですね」

「でも、こんなことはもうこれきり」

「はい」

もちろん昇のそのつもりだ。だが、正面切って言われると少し寂しい気もする。

すると、梨華は悪戯っぽく言った。

「もうこれきりにするで――今夜は、だけど」

相手は人妻だ。さすがに昇は返事しようがなかったものの、おのずと顔がほころんでしまうのまで抑えることはできなかった。

翌朝、梨華は何事もなかったような顔で朝食の席に着いた。山田社長もご機嫌なままでいるところを見ると、何も気付いていないらしい。

「片桐さんとは、これから長い付き合いになるだろうで、こっちに来たらまた立ち寄ってちょーよ」

「ありがとうございます。そうさせていただきます」

昇は内心気まずかったが、努めて顔に出さないようにして山田邸を後にした。

第四章　広島・女上司に捧げた夜

東京某所にあるマンションの一室。この日、昇は仕事帰りに希美の部屋へ立ち寄っていた。このところ出張続きだったこともあり、久しぶりのお家デートといったところだ。

小さなテーブルには、希美が腕によりを掛けて作った料理が並んでいる。

「すごいな。どれも美味そうだ」

「昇とゆっくりするのも久しぶりだし、ちょっぴり頑張っちゃった」

ふたりはグラスに注いだビールで乾杯する。

「うん、美味い。この煮付けとか、時間かかったろ？」

「そうでもないの。って言うか、実はこれ、昨日の作り置きなんだ」

「へえ。だから、味がよく染みてるのか」

狭い部屋で肩を寄せ合い、過ごす時間は幸せそのものだった。

希美はすでに化粧を落とし、部屋着でよく見るパーカーを着ていた。下は太腿も露わなショートパンツを穿いている。

「ねえ、今度の連休だけど、久しぶりに遊園地に行かない？」

小首を傾《かし》げ、やや上目遣いに見つめてくる。何かおねだりするときにいつもする仕草だが、昇は彼女のそんなところが好きだった。

「うん――あっ、来週か。来週はちょっと」

「えー。ダメ？」

「ごめん。また出張なんだ」

近頃は仕事が忙しく、デートらしいデートをしていない。昇は心苦しかったが、事情を聞いた希美はあっさり諦めてくれた。

「そっか。ＰＢ開発で営業も大変だもんね。分かった」

こんなとき同じ職場だと、理解が早くて助かる。

「悪い。この埋め合わせは必ずするからさ」

「ううん、気にしないで」

「そうだ。来月、有給取って一緒に旅行に行かないか」

思いつきで言ったのだが、希美の顔はパッと輝く。

「行くー。温泉がいいな、温泉」

ふたりとも酒が入り、いい塩梅に酔っていた。桜色に染まった希美のうなじがなんとも色っぽい。

思わず昇は彼女を抱き寄せ、キスをしていた。

「希美……」

「ん……」

舌が滑り込み、歯の裏を撫でる。昇の手はおのずと彼女の胸に伸び、愛らしい膨らみを服の上から揉んでいた。

「んん……ダメだよ」

希美はキスにウットリしながらも、身を捩り、愛撫から逃れようとする。

だが一方、すでに昇は火がついてしまっている。払いのけられた手を今度はショートパンツの中に入れようとした。

「好きだよ、希美――」

ところが、もうすぐ恥毛に届きそうなところで手首を摑《つか》まれ、押しとどめられてしまう。

「お願い、今日はアレなの」

付き合って一年、昇にも彼女の周期は何となくだが分かっている。理由が女の子の日となれば、諦めるより他はない。

「分かった。やめるよ」

互いに将来を意識しているからこそ、無理強いはしたくない。彼の思いは、希美にも伝わっていた。

「ごめんね。昇がしたいほど応えられなくて。わたし――」

「いいんだ。言わなくても分かってる」

「ううん、よくない。わたしがエッチが苦手なせいで、昇が悲しそうな顔するのイヤだもん」

昇が欲求不満なことは、重々承知しているのだ。決して愛していないわけではない。

「大丈夫だよ、本当に。今日はふたりでゆっくり飲もう」

「好きよ、昇」

こうしてお互い歩み寄ることで、ようやくギクシャクした空気も元に戻った。

(僕もまだまだだな)

昇は反省した。希美はたしかに好きでいてくれる。ならば、もっと彼女が悦んでくれるよう自分も精進しなくては。

希美とそんなことがあった翌週、昇はまた出張の旅に出ていた。今度は東京へ戻らず、広島から沖縄へと回る予定だ。

広島では、まず生産工場を訪ね、新製品の打ち合わせをした。とはいえ、工場には本社の開発部員も出張《でば》っており、特に問題などあるはずもない。

時間ができた昇は市街に戻り、土産物店に立ち寄る。

そこで珍しい物を見つけた。広島名物といえば「もみじ饅頭」だが、そこにあったのは、「揚げもみじ饅頭」なる逸品である。

「これ、ひとつください」

購入すると、早速店頭でかぶりつく。串に刺してあるからファストフード気分で食べやすい。

「美味《うま》……」

揚げているため外はサックリ、中がしっとりと食感も楽しい。餡子《あんこ》の甘さも引き立つようで、普通のものより好みに感じられた。

すると、そこへ聞き覚えのある声が呼びかけてくる。

「もしかして、片桐くん？」

「え……？」

振り向くと、懐かしい顔があった。エネルギッシュな声と同じく、見る者まで明るくなる笑顔。松岡亜衣《まつおかあい》だ。

「松岡さん！」

「わあ、やっぱり片桐くんだ。久しぶり」

三つ年上の彼女は、かつて昇の上司だった人物だ。しかも、ただの上司というだけでなく、新入社員だった彼を一から手ほどきしてくれた恩人でもあった。

「まさかこんな所で遭《あ》うなんて。三年ぶりですかね」

「こっちもビックリよ。後ろ姿が似てるな、なんて思ったら本人なんだもん」

「お元気そうで――」

昇は言いかけて尻つぼみになる。三年前に彼女が会社を辞め、地元の広島に戻ったのは、母親が倒れたのが理由だったことを思い出したのだ。

だが、当の亜衣は何も気にしていないようだった。

「やけん、見違えたわ。すっかり一人前のビジネスマンやね」

「いいえ、僕なんかまだまだ――そう言う松岡さんこそ、だいぶ雰囲気が変わりましたね」

「そやろ。すっかり老けてしもうたけんね」

「いやいや、そういうんじゃなくて……。つまりその、というか言葉——僕の知ってる松岡さんじゃなくて、もう広島の人になっているんだなあ、って」

広島弁で話す亜衣は、かつて東京にいた頃より顔つきまで柔和になったようだ。その変化に昇は戸惑ってしまう。

すると、亜衣はおかしそうに笑った。

「ええよ、冗談じゃやけ。やっぱり相変わらずやな、君は」

しかし、昇が慌ててしまったのは、冗談を真に受けたからだけではない。三年前に比べ、亜衣は髪が伸び、熟女の色香を漂わせるようになっていた。

「こっちへは出張？　もし、時間がありよんなら、お好み（焼き）でも食べていかん？」

「ええ、喜んで」

こうして久しぶりの再会を祝し、ふたりは近くのお好み焼き店へ入った。

「——へえ。じゃあ、松岡さんは今も家電業界にいるんですか」

「小売のほうやけどね。ただ、仕事は商品企画をしよるんよ」

「すごいな。さすが松岡さんだ」

「それよかお好み食べんさい。焦げてしもうとる」

「あ、はい」

言われて食べる昇を亜衣は微笑ましく見つめている。

「美味しいやろ。お好み焼き言うたら、広島が本場じゃけん」

「ええ。東京で食べる広島焼きより、ずっと美味いです」

「こら。地元で『広島焼き』とか言いよったら、ドツキ回されんで」

「あ……すみませんでした」

自分のミスに気がつき、昇はすぐに謝った。だが一方で、亜衣に叱られるのが懐かしく、内心うれしい気持ちもある。

そして、その思いは彼女も共有しているようだった。

「なんか、こうしてると昔を思い出すわ。ふたりとも若かったな、あの頃は」

「そんな。松岡さん、まだ若いじゃないですか」

「ん。そんなお世辞がすぐ出るようになって、昇ちゃんも成長したな」

「また。からかわないでくださいよ。今の僕があるのも、松岡さんのおかげなんですから」

昇は言った後、無意識に亜衣の目を見つめていた。

「冗談やめてや。からかってるのは、片桐くんのほうちゃうんけ」

（冗談なんかじゃ、ありませんから――）

笑いに紛《まぎ》らわそうとする彼女に対し、昇は真剣だった。彼にとって亜衣はかつての上司というだけでなく、人生において特別な存在だった。何しろ彼女こそは、彼が童貞を捧《ささ》げた相手だったからだ――。


それは、四年前のことだった。当時まだ新入社員だった昇は、営業の仕事に馴染めず苦労していた。本来の希望は企画開発部だったのもあり、将来に希望が持てない気がしていたのだ。

そんな彼を励ましてくれたのが、三年先輩の亜衣だった。教育係として外回りにも同行し、内気な彼を助けてくれていた。

そんなある日、営業先でトラブルに見舞われ、帰りが深夜になってしまうことがあった。

「もう、なんなのあの課長。言いがかりもいいところじゃない」

帰る道すがら、亜衣は珍しく怒っていた。昇も同調する。

「ですよね。松岡さん、よく我慢しているなと思いましたよ」

「あー、ムシャクシャする。片桐、飲みに行くぞ」

「え……でも、もうこんな時間ですし――」

「営業マンが情けないこと言うな。帰れなくなったら、どこかに泊まればいいでしょ。ほら、行くよ」

「……はい」

こうして彼らは繁華街へ向かい、深夜まで営業しているバーに立ち寄った。

当時はふたりとも若かった。亜衣は二十五歳、昇は二十二歳。社会の大きな壁にぶつかり、悪戦苦闘する年頃であった。

店に着いても、亜衣の怒りは一向に収まらない。

「マスター、もう一杯同じのちょうだい」

「松岡さん、大丈夫ですか。四杯目ですよ」

昇は酒量の多い上司を気遣う。普段から酒には強い彼女だが、この夜のペースはただごとではない。

カウンターに片肘突いて、グラスを呷《あお》る亜衣は荒れていた。

「いいのよ。今日は飲みたい気分なんだから」

取引先の課長は、たしかに嫌味なオヤジだった。自分の発注ミスを棚に上げ、こちらに理不尽な非難を浴びせてきたのだ。

そのなかには、明らかにセクハラと思われる罵詈雑言《ばりぞうごん》もあった。相手が女だと嵩《かさ》にかかっているのだろう。しかし、新入社員の昇は何もできなかった。亜衣が孤軍奮闘する後ろで、小さくなっていることしかできなかったのだ。

「松岡さん、すみません。僕が頼りないばかりに」

昇は苦い酒を飲みつつ謝った。

すると、亜衣もふと顔を上げる。

「え……？　なんで片桐が謝るわけ？」

「いや、だって……。今日みたいなとき、なんの役にも立てずに——」

「バカッ！」

亜衣が一喝《いっかつ》する。いきなり怒られた昇は意味が分からない。

「はい、すみません。えっと、あの……」

「だから、それよ。なんでもすぐ謝ればいいってものじゃないの」

「はい。すみま……はい」

しょげ返る昇を見て、亜衣はやれやれというようにため息をついた。

「いい？　あなたは新入社員なんだから、今日みたいなトラブルに対応できないのは当たり前なの」

「はい……」

「でしょ。責任は上司であるわたしが持つ。片桐くんが気遣ってくれるのは分かるけど、こんなことでいちいち謝られたら、こっちが情けなくなるじゃない」

「はあ……」

若い昇には分かるようで分からない。だが、亜衣が真剣に話していることだけは理解していた。

「ついでだから言っちゃうけど、片桐くん。もっと積極的になるべきよ」

「はい」

「あなたが企画開発志望だったのは知ってる。でもね、ここで腐っちゃおしまいよ。営業の仕事は、業界全体を見ることができるわ。与えられた場所で必死に頑張っていれば、将来必ずあなたの実になるはずよ」

亜衣の指摘は昇の胸に突き刺さった。希望通りに配属されなかったことを言い訳にして、現実から逃げていたのだ。たった三歳しか違わないはずの上司だが、その言葉には含蓄があった。

「松岡さんが仰るとおりです。僕、甘えていました」

昇は素直に反省する。

ところが、亜衣の話はいきなり飛躍した。

「ねえ、今日はもうちょっと付き合ってくれない？」

「え……ええ、いいですけど」

「じゃあ、行こ」

昇の返事も待たず、彼女はそそくさと店を出る支度を始める。

バーを出ると、亜衣は昇の腕を引いて足早に歩いて行った。

「ま、松岡さん。いったいどこへ――」

「いいから。ついてきなさい」

後を追う昇は必死についていった。亜衣はパンプスなのに歩くのが速かった。

気がつくと、狭い路地に入っていた。繁華街から一歩入ったところで、道の両側には妖しげに光るホテルの看板が並んでいる。

（どうするつもりだろう……）

昇の胸はいやが上にも高鳴る。前を歩く亜衣からシャンプーの甘い香りが漂ってくる。その匂いは芳しく、少しの汗とアルコールが混ざっていた。

やがて亜衣が一軒のホテルの前で立ち止まる。

「ここよ」

「え……。って、まさか」

独特の佇《たたず》まいは、明らかにラブホテルだ。入口に掲げられた看板にある「休憩・宿泊」の文字がやけに生々しく見える。

亜衣の瞳はアルコールに濁っているようだった。

「どうするの。片桐くんが決めて」

決断を迫られ、昇は心臓が破裂しそうだった。このとき彼はまだ童貞だった。目の前の頼れる上司は、いつしかひとりの女になっていた。

「実は僕——その、女の人とそういう経験がなくて」

二十二歳にもなって情けないが、事実を述べるしかなかった。

すると、亜衣はそんな彼をからかいもせず言った。

「そうだったの。あなたらしいわ」

「ですから、その……」

「いいわ。なら、わたしが教えてあげる」

そこから先は夢のようで、昇はいつ誰が料金を払ったのか、どうやって部屋まで辿り着いたのか記憶になかった。

だが、気付けば薄暗い部屋に亜衣とふたりきりになっていた。

「スーツ、脱いだら？」

「あ、はい」

彼女に促され、昇は訳のわからないままジャケットを脱ぐ。亜衣はそれを受け取り、ハンガーに掛けてくれた。

「少し飲み過ぎちゃったね。お水、飲む？」

「ええ、はい。いただきます」

見るもの全てが物珍しかった。亜衣が冷蔵庫にコインを入れて水を買うのも、ただ驚きの目で眺めていた。

そんな彼に対し、亜衣は随分と落ち着いているようだ。

「ほら、そんな所に突っ立ってないで。疲れたでしょ、こっち座ろ」

ペットボトルを二本持ったまま、彼女はそそくさとベッドに乗った。

気付けば、亜衣もジャケットを脱いで、ブラウス一枚になっている。ヘッドボードにもたれ、投げ出した脚がやけになまめかしい。

心臓が耳の辺りにあるようだ。喉はカラカラだった。水を受け取るには、自分もべッドに行くしかない。

「失礼します――」

昇は妙にかしこまった挨拶をすると、恐る恐るベッドに乗る。だが、亜衣とは少し距離をおいて座るのが精一杯だ。

「じゃあ、改めて。お疲れさま」

亜衣は彼にボトルを渡し、自分の分を開ける。

「お疲れさまです」

受け取った昇は急いでキャップを開けると喉を鳴らし、一気に半分ほども飲む。

その様子を横目で見つめる亜衣が言った。

「もう、そんなに慌てないの。子供みたい」

「すみません、緊張しちゃって。つい」

「ほら、また謝る。ダメって言ったでしょ」

「あ。でしたね。なんか口癖になってるみたいで」

「そう。口癖なら、こうすれば言えなくなるよね――」

亜衣は言うなり顔を寄せ、唇を重ねてきた。

「ん……」

「……！」

昇の口を柔らかいものが塞ぐ。初めてのキスだった。

亜衣はうっとりと目を閉じ、唇を押しつけてくる。その感触は甘く切なく、身体が芯から痺《しび》れるようだった。

「んん……」

やがて亜衣は唇を押しつけたまま、口に含んだ水を注ぎ込んできた。

「んぐ……ごくっ」

突然のことに昇は驚くが、その生温い水を喜んで飲み干してしまう。これまで味わったことのない甘露な水だった。

「本当に今までひとりも経験ないの？」

陶然としていた昇は、亜衣の声にハッと我に返る。いつの間にか唇は離れていたようだ。だが、彼女の顔はまだすぐ側にある。

「本当です。キスも、今のが初めてでした」

「そうなんだ。昇のファーストキス、奪っちゃったね」

言うが早いか、また唇が重ねられた。

すると、今度は亜衣の舌が伸びてくる。昇はとまどい、驚きながらも、歯を開いて彼女の舌を受け入れ、ぬめったその感触を味わう。

「ふうっ、ふうっ。松岡さん……」

「ダメ。亜衣、って呼んで」

「亜衣……さん」

亜衣の舌は口中で情熱的に踊った。歯の裏をくすぐり、舌と舌で絡み合うのだ。唾液が混ざり合い、水気を含んだ音が耳を打つ。

昇はあまりの興奮に頭がクラクラするようだった。大人のキスはなんと刺激的で、卑猥なのだろう。

そうしてひとしきりキスを交わすと、亜衣が彼の手を握った。

「じゃあ、女の人の身体も触ったことないんだよね」

「ええ」

「オッパイ、触ってみる？」

問いかける彼女は微笑んでいるが、挑発的な流し目は、普段の上司の顔とはかけ離れた妖艶さを放っていた。

思わず昇は生唾を飲む。

「は、はい……」

「なら、いいよ。ちょっと待ってね」

亜衣は言うと、自らブラウスのボタンを外し始める。

ボタンがひとつ外れるたびに、女の白い肌が露わになっていく。昇はそれを驚嘆の目で眺めていた。同じ人間の皮膚なのに、彼女の肌は陶器のように滑らかで、下手に触れたら壊れそうなほど繊細だった。

「どうしたの。触っていいんだよ」

レース柄の白いブラジャーが燦然《さんぜん》と輝いていた。亜衣の胸はこんもりと盛り上がり、丸みを帯びて中心に深い谷間を宿している。

こんな場面を何度夢見てきたことか。昇の興奮は頂点に達していたが、二十二歳の童貞は、欲望のままに動くことができない。

これに業《ごう》を煮やしたのか、亜衣は彼の手を取り、自分の胸へと導いた。

「触りたかったんでしょう？　いいのよ、昇の好きにして」

「は、はい……」

促されてようやく昇は膨らみの表面を撫でる。それこそ高価な陶器を恐る恐る愛でるような手つきだった。

「もう、しょうがないな――」

亜衣は言うと、ブラの肩紐をずらし、乳房を完全に露出させる。

「先っぽのとこ、クリクリしてみて」

「はい……」

女の乳首だ！　昇は頭をガンと殴られたような衝撃を覚えた。もちろん彼とてエロ画像やＡＶくらいは観たことはある。だが、生の迫力は別物だった。それも、相手は同じ会社の先輩なのだ。ズボンの中で、ペニスがはち切れそうだった。

最初は突起を指の腹でそっと触れ、徐々につまむようにして、乳首の形と感触をじっくりと堪能する。

「んっ……あん」

すると、どうだろう。とたんに亜衣は甘い声をあげたのだ。

少し慣れてくると、昇は乳房を揉みしだきながら、ときおり乳首を指の間に挟むようにして愛撫し始めた。

「ハアッ、ハアッ」

「んっ、そう上手。やさしく——ときどきは強くして」

「は、はい」

「わたしの乳首、勃ってるのが分かる？」

「え、ええ。なんとなく」

「んん……おバカさんね。可愛い」

見つめ返す亜衣の瞳が潤んでいた。そこには普段の仕事に厳しい上司の姿はなく、愉悦に浸る女の本性が露わになっていた。

いつしか亜衣自身も、年下童貞男を手ほどきする役に入れ込んでいるようだった。

「わたしもお返ししてあげる」

吐息混じりに彼女は言うと、おもむろに昇のズボンに手を突っ込んできた。

「あうっ……あ、亜衣さん、そこは」

「あー、すごい。こんなにビンビンにして」

女の細い指が肉竿に絡みついていた。昇は思わずビクンと身体を震わせてしまう。

「オチ×チン汁がいっぱいで、パンツがビチョビチョだよ」

「ハアッ、ハアッ。うぐ……」

「昇、手がお留守になってる。ちゃんと揉んで」

「は、はい……ううっ」

注意された昇は乳房への愛撫を続けようとする。

しかし、亜衣の手が肉棒を巻き取り、本格的に扱き始めたのでそれどころではなかった。

「ああん、すごい。カチカチ」

「ハアッ、ハアッ。おうっ、あ、亜衣さんっ」

「どうしたの。気持ちいいの」

「気持ち……うぐぅ、はうっ」

「女にオチ×チンをシコシコされて、とぉっても気持ちよさそうな顔してるよ」

亜衣は卑猥な言葉を耳元で囁いては扱く。

昇の手はすっかり止まったままだった。自分でするのとはまるで違う。他人にされる手淫は自由が利かない分、欲望の制御も不可能だった。

「昇の初シコシコも奪っちゃったね」

「あうっ、ううっ。マ、マズいです――」

「何がマズいの。気持ちいいんでしょう？」

「きっ、気持ちよすぎて……ダメだっ、うはあっ！」

我慢などできるはずもなかった。気がつけば、昇はパンツの中に射精していた。

「ああ……」

あまりの快楽と少しの後悔に、思わず彼は天を仰ぐ。

　すると、亜衣もさすがに少しやり過ぎたと感じたらしい。

「ごめん。こんなにすぐ出ちゃうと思わなくて。パンツ、汚れちゃったね」

「ええ……いえ」

　昇が射精後に脱力する横で、亜衣はパンツから出した手をマジマジと見る。

「けど、すごぉい。こんなにいっぱい出たんだ」

「出ちゃいました」

「ほら、パンツ脱いで。洗って干しておこう」

「はい」

　亜衣は彼が脱いだパンツを受け取ると、汚れを洗うため着乱れたまま、そそくさと洗面所へ向かうのだった。


　亜衣が洗面所に行っている間、昇は呆然とベッドに横たわっていた。

(松岡さんって、こんなにエッチだったんだ)

　肉棒に手の感触がまだ残っている。初めて触れた乳房も柔らかく、十分刺激的だったが、まだ全てを堪能したとは言いがたい。

　しかし、手コキされてすぐイッてしまった。きっとガッカリさせてしまっただろう。

もうこれまでか——そんなことを考えていると、亜衣が戻ってきた。

「お待たせ。浴室乾燥機があったから、帰る頃にはたぶん乾いてると思うよ」

「亜衣さん……」

昇が絶句したのは、彼女が全裸になっていたからだ。

先ほど垣間見た乳房はもちろん、下半身も丸見えだった。股間に影なす恥毛は薄く、割れ目の形まで透かして見える。

亜衣はそんな彼の視線を意識し、これ見よがしに腰をくねらせながら、ゆっくりとベッドに近づいてくる。

「どうしたの、驚いた顔して。どうせ脱ぐんだから同じことじゃない」

「え、ええ。でも——」

昇が見守るなか、亜衣はベッドに登り、彼の足下に膝をつく。

「昇も全部脱いで」

「は、はい」

どうやら終わってはいなかったらしい。昇の鼓動がまた高鳴り始める。

その間にも、亜衣は彼のシャツのボタンを外し、脱がせてくれた。

「パンツは洗ってきたけど、こっちは汚れちゃったままだったね」

「え……？」

昇がとまどう間にも、亜衣は身を伏せて、半勃ちのペニスを手に取る。

「うふ。すぐにまた元気になりそう」

彼女は言うと、おもむろに肉竿をパクリと咥え込んだ。

昇に衝撃が走る。

「あっ、亜衣さん。そんな汚い……はううっ」

「んふうっ、男の子の匂いがムンムンしてるわ」

精液塗れのイカ臭い肉棒を、亜衣は何のためらいもなく吸いたてる。

「ううっ、亜衣さん――」

「綺麗にしてあげる、って言ったでしょ」

女上司は舌の上で亀頭を転がし、わざと音を立ててしゃぶった。

すると、どうだろう。みるみるうちに肉棒は硬さを取り戻していく。

「ハアッ、ハアッ。ヤバイ、気持ちよすぎます」

「ちゅばっ……すごいわ。もうこんなに大きくなって」

亜衣が離れたときには、唾液に光る太竿が隆々とそそり立っているのだった。

「やっぱり若いのね」

「恥ずかしいです……」

「ううん、恥ずかしがることない。女からしたら、うれしいことよ」

慰めるように言いながら、彼女は太竿を手で擦る。

昇は息を喘がせ、女上司の卑猥な仕草を見ていた。

「あああ、松岡さん――」

「なぁに、片桐くん？」

「ぼ、僕は……」

「もしかして、わたしとこんなことするの、想像してた？」

亜衣は竿を握ったまま、肉傘をペロッと舐める。

「はうっ、あ……いえ、そんな」

「わたしと、エッチしたいと思ったことある？」

昇は身悶えながらも、答えに窮する。相手はいやしくも上司なのだ。性欲の対象にしていたなどと言えるはずもないではないか。

「う……ううっ……」

しかし、亜衣も明確な答えを期待していたわけではないようだ。

「いいわ。この子が答えだもの」

完勃起したペニスを愛しげに擦りつつ、彼女はおもむろに跨がってきた。

昇が見上げた先には、双乳がぷるんと誇らしげに並んでいる。

「もう我慢できなくなっちゃった。昇の童貞、いただいていい？」

「ふうっ、ふうっ……はい」

ついにこのときがきたのだ。昇の視線は、亜衣の媚肉に吸い寄せられる。定かならぬ女の神秘。二十二年に及ぶ禁欲のときが、年上の美しい女上司によって解き放たれる瞬間が訪れるのだ。

「昇くんのいやらしいオチ×チンを、わたしのオマ×コに挿《い》れるね」

煽る亜衣も興奮に息を荒らげている。逆手に肉棒を支え、狙いを定めると、慎重に腰を沈めていった。

「──んんっ」

「はうっ……」

先っぽに何か温かいものが触れ、思わず昇は仰《の》け反《ぞ》りそうになる。

だが、それはまだ序の口だ。さらに亜衣は奥へと誘う。

「んふうっ、入ってきた──」

「ああ、あったかい……」

みるうち肉棒は、ぬるりとした感触に包まれていく。それだけでもう天にも昇る気持ちだった。昇は身体の奥底から悦びが突き上げてくるのを感じた。

気付いたときには、亜衣はすっかり尻を据えていた。

「昇くんの初めて、もらっちゃったね」

「亜衣さん。僕……幸せです」

昇が素直な気持ちを表わすと、亜衣も笑みを浮かべて覆い被さってくる。

「うれしいわ。キスしちゃう」

「んふぁ……亜衣さん」

唇が重なり、亜衣の舌が伸びてくる。それを昇は喜んで巻き取り、彼女の口中に溜まった唾液を貪るように啜った。

「んふうっ、んっ。キスが上手になったわ」

「僕……亜衣さんのことが、好きになっちゃいそうです」

昇は若く、愛と欲望の見境はない。この瞬間が全てだった。募る思いに彼は亜衣の身体をきつく抱きしめていた。

だが一方、このときの亜衣も何かに突き動かされているようだった。

「んんっ……ん……」

舌を絡め、身体の自由を奪われながらも、尻を上下に揺さぶってきた。

「んふうっ、ふうっ」

「ふぁう……ううっ」

とたんに得も言われぬ悦楽が肉棒に走る。小刻みな媚肉の摩擦が、大波のように昇の快楽中枢に襲いかかってくる。

それをきっかけに舌は解かれた。あまりの愉悦に息が続かないのだ。

亜衣は再び起き上がり、本格的に腰を動かし始めた。

「ああっ、んはあっ、イイッ」

「はうっ、あああっ、おおっ」

彼女は尻を前後に揺さぶり、媚肉を押しつけるようにした。そのせいで、結合部からくちゅくちゅと濁った音が鳴る。

「んっ。ああっ、いいわ。感じちゃう」

「僕も……あああっ、こんなに気持ちいいのは初めてです」

「そう？　オマ×コ感じる？」

「ううっ、はい」

「わたしも……んはあっ。昇のオチ×ポでおかしくなっちゃいそう」

淫語を口走る亜衣の顔は悩ましげに歪んでいた。眉間に皺を寄せ、うっとりと目を閉じて、喘ぐ口元は濡れて光っている。

そして彼女が腰を振るたび、丸い乳房も喜ばしげに跳ねるのだ。

「亜衣さんっ」

昇はたまらず起き上がり、尖った乳首にしゃぶりつく。

「ちゅぱっ、ちゅるっ。むふうっ」

すると、亜衣も身悶えて喘ぐ。

「んんっ、昇くん。もっと吸って」

彼の頭を抱え込み、自ら押しつけようとした。

昇は幸福な息苦しさのなか、口中の実を舌で転がす。

「レロッ、ふうっ。亜衣さん、亜衣さん」

「はんっ、イイッ。噛んで、強く」

噛む？　昇は一瞬驚くが、女上司の命令には逆らえない。

「こう、ですか——？」

「ああん、そう。ステキ、感じちゃう」

乳首を噛まれた亜衣は、天を仰いで悦びに喘いだ。

再び昇が仰向けに倒れ、騎乗位でのグラインドが始まる。

「あんっ、ああ、イイッ」

「ハアッ、ハアッ。うう……」

媚肉がみっちりと肉棒を包み、花弁から牝汁をあふれさせる。

亜衣の官能を貪るさまは妖艶だった。特に昇にとっては初めての相手だけに、彼女の全てがきらめいて見えた。

「亜衣さぁん……」

下で女の腰を支えながら、おのずと腰を突き上げていた。

男の積極的参加を亜衣は歓迎する。

「ああっ、いいわ。奥に響いてくるっ」

「ハアッ、ああっ。ヤバイ……」

「ヤバイ？　何がヤバいの」

「オチ×チンが──ううっ、締まるっ」

そして昇が愉悦に顔を歪めるほど、彼女はさらに煽り立てるのだった。

「ああ、もうわたしイキそう……」

亜衣は息を弾ませながら、彼の腹に両手を置く。背中を丸め、やや前屈みになると、上下に激しくグラインドし始めた。

「んあぁーっ、ハァン、イイッ」

「うはっ……あっ、亜衣さんっ」

思わず呻く昇。縦の動きが、太竿を舐めるように刺激してくるのだ。

童貞ペニスはもう限界だった。

「うぐ……気持ちよすぎる」

「いいの？　ああっ、ああん。わたしも……いいわ」

「マズいです。そんなに激しくされたら――」

「何がマズいの？　だって、気持ちいいんだもん」

昇がいくら訴えても、もはや亜衣は止まらない。尻を振りたて、ぬぽくぽと淫らな音を鳴らしながら、夢中で悦楽を貪っていた。

「んはあっ、ああ、イイッ……」

ヌラつく媚肉は太竿をつかんで離さなかった。巣に捕らえた獲物のようにしっかりと食い締め、肉襞で蕩けさせていくのだ。

やがて昇の身体に戦慄が走る。

「うはっ、ダメだ……出るうっ！」

とどめる術《すべ》などなかった。肉棒は温もりの中に白濁を噴き上げていた。初めての中出しはあまりに気持ちよく、昇は全てを許されたような感覚に包まれた。

かたや亜衣の腰使いはまだ収まらない。

「んああーっ、あふうっ、イイよぉ。昇くんの」

射精には気付いたはずである。だが、彼女は自分が満足するまで貪ることをやめようとはしなかった。それが亜衣だった。

「あっひ……イイッ。オマ×コが、響く」

額に汗を浮かべながら、ゆっくりと前のめりに倒れてくる。

昇はそのしっとりした肌を抱き留めた。

「亜衣さん、僕――」

「いいの。このまま続けよう。わたしも……はうっ」

ラストスパートをかける亜衣が媚肉を擦りつけてくる。

すでに果てた昇だが、それだけに肉棒はまだ敏感な状態だった。

「ううっ、ダメです。そんなに激しくしちゃ――」

「ああん、だってイキそうなんだもん。ねえ、ああん」

年上の女から甘えるように言われ、昇も悪い気はしない。

「亜衣さん、う……」

「んふうっ、イキそ……イクうっ、イッちゃううっ」

いまや亜衣は彼にしがみつくようにして、腰だけを小刻みに揺らしていた。

激しい息遣いと、粘液をかき混ぜる音が部屋に響く。

「ああぁ、もうダメ――イイイイーッ！」

ひときわ高く喘ぐと、亜衣は身体を縮めるようにして息む。

その拍子に蜜壺が締まり、肉棒はまた精液をまき散らした。

「ぐはっ、また――」

「んあああーっ」

食い締めた媚肉は、吐き出されたものを貪欲に呑み込んだ。

亜衣はさらに一度二度、身体を震わせると、ゆっくり脱力していった。

「ああ……イッちゃった」

「すみません、僕もまた」

「二回もイッてくれたのね。すごい精力だわ」

亜衣は満足そうに言うと、大儀そうに彼の上から退く。

結合が解かれたとたん、花弁はごぶりと白濁液をこぼした。その愛欲の跡は内腿を伝い、シーツにまで濡れ染みを広げていった。

枕を並べて横たわる亜衣が寄り添って言う。

「これであなたも一人前の男ね」


そんなことがあってから四年が経った。やむを得ず東京を離れた亜衣も、今では地元に馴染んでいるようだ。

「ウチが企画したセールがな、広島と大阪で実施《じっし》されるんよ。会社としても初めての試みじゃやけぇ、失敗は許されんのやけどね」

「へえ。でも、松岡さんの企画なら大丈夫でしょう」

生き生きと語る元上司を見て、昇はうれしかった。都落ちして消沈しているどころか、新天地で自分の夢を見つけ切り拓《ひら》いていた。むしろ眩《まぶ》しいくらい輝いている。

「それで、どうなん。あなたのほうは？」

「え……」

突然話の矛先を向けられ、昇は我に返る。

亜衣は、コテでお好み焼きを小さく切り分けながら言った。

「昔はいっつもリードしてあげてたけど、ちょっとはマシになったたん？」

「そうですね……。どうでしょうか」

昇はすぐに答えられなかった。今では自分が新入社員を教える立場だ。だが、かつての亜衣のようにできているとは言いがたい。それを言えば希美との関係も、自信を持って「僕が引っ張っています」とは胸を張れない。

そんな葛藤を亜衣はすぐに見抜いた。

「片桐くんは、相変わらずみたいやね」

「――すみません」

「出た。まだ直ってないんか、その口癖」

「あ……」

昇がハッとすると、亜衣は我慢しきれず噴き出した。

「ホンマに変わらんなあ。やけん、そこが片桐くんのいいところでもあるんよな」

彼女に引っかけられたと気付いた昇も笑い出す。

「松岡さんこそ相変わらずだなあ。人が悪い」

「なんか昔を思い出すね」

「はい。松岡さんには一生敵いません」

「そや。昔で思い出したけど、時間ある？」

「え？　ええ。用事は済ませましたから」

「よかった。ほんなら、連れて行きたい所があるんよ」

亜衣は言い出すと、そそくさと店を出て、タクシーを拾った。

昇は訳のわからないまま車に同乗する。

「いったい、どこへ行こうっていうんですか？」

「いいから。片桐くんが四年でどれくらい成長したか、見たいだけやけん」

亜衣は顔に含みを持たせながらはぐらかす。

すると、車はどんどん狭い路地へと入っていく。どう見ても、観光名所やレストランがありそうな感じではない。

「ここでええわ。運転手さん、精算して」

亜衣が停めたのは、下町の住宅地のような場所だった。

降り立った昇はとまどう。

「こんな所に何があるっていうんですか」

「何って、すぐそこや。あそこの家」

彼女が指差す方を見ると、一軒の古い木造家屋があるだけだった。

だが、近づくと何をする所か分かった。門前には簡素な看板があり、『門脇旅館』

と描かれている。

「こんな街中に旅館があるんですね。ずいぶん古い感じだけど」

昇が呑気《のんき》に感心していると、亜衣は言った。

「入ろうか」

「え？　……ええっ!?」

ここでようやく彼は含んだ言い回しの意味を覚った。

旅館と思った建物は、昔ながらの連れ込み宿なのだ。亜衣が「成長を見たい」と言った意味にも合点がいく。

「じゃあ、覚えていたんですね。四年前のこと――」

「当たり前じゃろ。昇くんの初めてを奪ってしもうたんじゃけん」

実はあの日、亜衣は仕事のことが原因で、当時の恋人と喧嘩別れしたばかりだったという。バーで荒れていたのも、それが主な理由だった。

「やけん、ヤケ酒にあなたを付き合わせてしもうてたんやな」

「そうだったんですか。まったく気付きませんでした」

「関係ないのに反省する片桐くんを見とって、だんだん気の毒になってきて」

「あー、それでお詫びに――」

「ちゃうよ。お詫びでエッチしたりせんって。むしろ愛おしくなってしもうて、たまらず誘惑したんじゃけぇ。悪い上司やな」

「まつお……亜衣さん」

取り巻く空気が四年前へと引き戻す。ふたりは見つめ合い、やがて鄙《ひな》びた宿に並んで入っていった。

連れ込み宿は、中も普通の家のようだった。玄関で案内の婆さんに料金を払い、二階の部屋へと通された。

「どうぞごゆっくり。下にお風呂もありますけん」

婆さんはそれだけ言うと、音もなく去って行く。

部屋は六畳ほどの和室で、真ん中に布団がひと組敷かれている。窓はあるが薄暗く、壁も安普請《やすぶしん》だった。

「ずいぶん渋い所を知っているんですね」

昇は胸の高鳴りを抑えながら、平静を装って言う。

だが、その間にも亜衣は戸棚を開けていた。

「ウチ、浴衣《ゆかた》に着替えるけん。昇くんは？」

簡素な連れ込み宿ながら、浴衣だけは備え付けられているらしい。

「あ、いえ。僕は大丈夫です」

「そう？　なら、ウチは楽にならせてもらうわ」

彼が固辞するも、亜衣は気にせず服を脱ぎ始めた。

気付いた昇は、反射的に顔を背《そむ》けて窓を眺める。

「街から一歩入ると、静かなものですね」

ここに来た以上、やることは決まっている。何を今さら照れる必要があろうか――とも思うが、女性の着替えをジロジロ見る気にはなれない。昇にとって、彼女はそれだけ敬意を払ってしかるべき存在だった。

衣擦れの音がし、まもなく声がかけられる。

「着替えたわ。昇くんもこっちにいらっしゃいよ」


浴衣に着替えた亜衣が布団に侍っていた。

昇は思わず見惚れてしまう。長い髪をざっくりまとめ、うなじにこぼれる後れ毛がなんとも色っぽい。

「亜衣さん、綺麗だ――」

「うふふ。バカなこと言ってないで、昇くんもほら」

満更《まんざら》でもない顔をしつつ、亜衣は敷き布団を叩いて隣を指す。

だが、昇も四年前の彼ではない。恩人に成長の証《あかし》を見せるのだ。そのためには自分がリードしなければならない。

昇は彼女の傍《かたわ》らに腰を下ろすと、自然に肩を抱き寄せた。

「亜衣さん、すごくいい匂いがします」

「本当？　汗かいちゃったんよ」

「それがいい。亜衣さんの匂い――」

言いかけているうちに、亜衣が唇を重ねてきた。

「ん……」

「んむ……亜衣さん」

昇が舌を伸ばすと、彼女も口を開き、自分の舌を絡めてくる。

「ああ、この唇。懐かしい味がします」

「昇くんも……ん。違う、ずっと上手になったみたい」

亜衣はウットリした表情で、すっかり彼に身を委ねていた。

浴衣を通して、女の肌の温もりが伝わってくる。昇は彼女の細い肩を抱き、空いた手を胸の合わせに差し込んでいった。

「亜衣さん……」

「あんっ、昇くんのエッチ」

滑らかな肌は四年経っても変わりなく、しっとりと手に吸いついてくる。愛でるように撫でながら、さらに奥へと進んでいくと、やがてふっくらした丸みが露わになっていった。

「んっ、ダメ……」

「亜衣さん、ノーブラだったんですね」

「違うわ。さっき外したの」

「可愛いおっぱい。先っぽが」

浴衣ははだけ、すでに片乳はまろび出ていた。中心に佇む突起に触れてみると、勃起し始めているのが分かる。

「あんっ、んふうっ」

とたんに亜衣は甘い声を漏らした。

四年前の記憶が蘇《よみがえ》り、昇の下半身を疼かせる。

「この四年間、亜衣さんのことを忘れたことはありません」

「わたしもよ。昇くんのここも」

彼女は言うと、ズボンの上から肉棒をまさぐってきた。

「はうっ、あ、亜衣さん……」

思わず昇は身悶える。淫らな空気が濃くなっていくにつれ、反対に互いの遠慮は薄れていく。

昇はもう一方の手を浴衣の裾へと潜り込ませた。

「ハアッ、ハアッ。僕も亜衣さんのを——」

閉じられていた太腿が開き、指先が割れ目をとらえた。

「んあっ……」

敏感な部分に触れられ、亜衣がビクンと震える。

割れ目はぬるりと湿っていた。昇は指を沿わせ、花弁からあふれる蜜液をまとわせると、上のほうにある尖りに塗りつけるようにした。

「亜衣さんのクリ、勃起してる」

「ああっ、ダメ。そんなとこ——んふうっ」

「感じますか。ここが、いいんですね」

「そうよ、ああん上手。どこで覚えたの」

年上の女が自分の愛撫に身を委ね、身悶えているさまは、昇に喜びと自信をもたらした。手淫にも力がこもる。

「ビチョビチョだ。亜衣さん、感じてくれているんですね」

「ああん、どうしよう。思ってる以上に成長してるやん」

さっきよりも空気が一段濃密になったように感じられた。亜衣の息遣いが、古びた宿屋の砂壁に染み入っていく。

やがて昇は彼女の上に覆い被さり、浴衣の帯を解いていった。

「亜衣さんの身体が見たい」

「ずいぶん積極的になったじゃない」

「四年前は必死で——ちゃんと見られなかったから」

解けた帯を腰から引き抜き、浴衣の合わせをがばと開く。

亜衣はなすがままだった。

「あん、全部見られてまう」

「ああ……こんなに綺麗だったんですね」

しどけなく横たわる身体は美しく、四年の歳月を感じさせなかった。昇があのとき目に焼き付けたのと同じだった。

乳房は丸く重たげで、彼女が身じろぎするたびにゆさゆさと揺れた。乳輪の際は淡くグラデーションになっていて、勃起した乳首はピンと角が立っている。腰の高い位置から張り出したヒップラインも悩ましく、張り詰めた太腿が締め付けの良さを想像させた。

さらに昇は彼女の股間に顔の位置を移す。

「これが、亜衣さんのオマ×コ。ビラビラがイヤラしいですね」

「そんなとこ、ジロジロ見ないで」

亜衣は言いながらも、見やすいように脚を開き膝を立てる。

両手の指でそっと割れ目を広げると、肉芽が勃起しているのが分かった。

「スケベな匂いがします。牝の匂い――」

言うが早いか、昇は媚肉にむしゃぶりついていた。

とたんに亜衣は身悶える。

「んはあっ、あん。お風呂入ってないから、汚いわ」

彼女は言うが、かつては精子塗れの肉棒をしゃぶってくれた張本人だ。

「汚いもんですか。亜衣さんの匂いがして……美味しいです」

「ああん、バカ。変態」

「亜衣さんのオマ×コの味。ああ、おつゆもいっぱい出てきて」

昇は無我夢中で舐めたくり、牝汁の味を堪能する。それだけでは飽き足らず、しまいには顔に塗りたくろうとでもいうのか、首を左右に振って、ビラビラに鼻面《はなづら》を擦りつけるのだった。

激しい口舌愛撫に、思わず亜衣は腰を浮かせる。

「んあっ、あふうっ。エッチな舌使い」

「ずっと、こうしたいと思っていました」

「ああん、ダメ。そんなにペロペロして……そこっ」

「クリトリスがビンビンになってる」

「ああっ、だって……あんっ、上手。もっとぉ」

「ハアッ、ハアッ」

太腿を抱え込み、昇は舌を縦横無尽に這わせた。砂漠で喉が渇いた人のように、あふれる蜜液をゴクゴクと飲んだ。

悦楽に耽る亜衣は、彼の頭を抱え、自らの股間に押しつけるようにした。

「昇くんが、こんなにクンニが上手くなってるなんて」

「亜衣さん、亜衣さんっ」

元上司に褒められた昇はさらに責める。太腿を肩で押し上げたかと思うと、一気にマングリ返しの体勢に持ち込んだのだ。

「――ああっ」

転がされた亜衣が驚きの声をあげる。

だが、気付いたときには蜜壺が天井を向いていた。腿裏は昇の肩に支えられているものの、膝から先は宙ぶらりんになっていた。

割れ目を顔の前に置いて、昇は鼻息を荒くする。

「僕が舐めるところをよく見ていてください」

宣言するなり、媚肉に顔を埋めた。

亜衣は苦しそうな体勢で喘ぐ。

「はうっ……んああ、よく見えるわ。ペロペロ……イヤラしい」

「このオマ×コのことをずっと忘れられなくて」

「ああん、昇くぅん」

「今度会ったら、絶対こうしたいと思っていました」

昇は言うと、舌を尖らせて花弁の中心に突き込んだ。

「あふうっ、イイッ」

喘ぐとともに、亜衣は下腹に力を入れた。

しかし、昇がこの体勢になったのには、もうひとつ理由があった。

「亜衣さんのアヌス。綺麗ですね」

「ちょっと、どこ見て——ダメ」

想定外だったのか、亜衣は恥ずかしがって足をバタつかせる。

だが、昇はその足をしっかり捕まえて逃がさない。

「毛もなくて、色も綺麗だ」

「バカなことはやめなさい。そんなとこ——」

「ダメです。僕、もう我慢できません」

彼は言うと、アヌスにしゃぶりついていた。

「ペロッ、じゅるっ、じゅぽぱっ」

「ンハアッ、ダメ……あああ」

放射皺を舐められると、亜衣は息が抜けるような声を出した。

昇はウットリとして菊門に吸いつき、舌で穴の入口をくすぐった。

「ハアッ、ハアッ。美味しい、亜衣さんのアヌス」

「バカッ。ああん、でも……イイッ」

身体を折り畳まれた亜衣の顔は真っ赤に上気していた。

昇は尻穴を舐める一方、二本の指を蜜壺に滑り込ませる。

「ふうっ、ふうっ。亜衣さん、気持ちいいですか」

「ああっ、あんっ。いいわ。ああん、ダメぇ」

二穴責めに亜衣は身を焦がした。花弁からとめどなく牝汁があふれ、居ても立ってもいられないように全身を震わせるのだ。

「ねえ、もうダメ。挿《い》れて」

しまいには堪えきれず挿入をおねだりする始末。

だが、ここまでお預けを食らった肉棒もすでに我慢の限界だった。

「亜衣さんっ」

「こっち来て。後ろから欲しいの」

亜衣は言うと、這うように部屋の窓際へと移動する。

昇も剝き出しの尻を追ってついていく。

すると、亜衣は窓にもたれながら立ち上がった。

「背中から犯してちょうだい」

淫らに尻を突き出す恰好《かっこう》でねだる元女上司。昇はその背後に立ち、鼻息も荒く硬直の位置を合わせた。

「四年ぶりにブチ込みますよ」

「四年ぶりの硬いの、ちょうだい」

やにわに昇は尻を抱え、花弁のあわいに矢尻を突き通す。

肉棒はぬぷりと音を立てて蜜壺を貫いた。

「ほうっ……」

「んああっ、入ってきた――」

ぬめった媚肉は抵抗なく肉棒を受け入れていた。濡れそぼった蜜壺は、太竿をしんねりと包み込み、久しぶりの邂逅《かいこう》を言祝《ことほ》いでいた。

「うう、やっぱり亜衣さんのオマ×コ、気持ちいいです」

「わたしも……昇くん、相変わらずカチカチなのね」

夕暮れ時だった。窓外は夕焼けが街を包み、世界が赤く燃え盛っていた。そのきらめきは室内にも届き、裸でたわむれる男女の姿も照らしていた。

やがて昇は抽送を繰り出す。

「ハアッ、ハアッ。おうっ、ううっ」

「あっ、ああっ、イイッ。入ってる」

二階は高い木で目隠しされているものの、周りはすぐ隣家が見える住宅地である。

下手すれば喘ぎ声すら漏れそうな場所にもかかわらず、亜衣は一糸まとわぬ姿で窓際に立ち、肉棒を受け入れ身悶えている。

「ハァン、ああっ。もっと」

その姿はまるで肉の悦びを世界に訴えようとでもしているようだ。

かたや昇も四年ぶりの感触に我を忘れ、ひたすら腰を突いていた。

「亜衣さんの、オマ×コ、ヌルヌルで……ふうっ」

「あっ、いいのよ。もっとガンガン責めて」

「いいんですか。このままだと僕……出ちゃいますよ」

「いいよ。出して。昇くんの全部」

汗ばんだ女体が淫らにうねる。この四年、昇も経験を重ねたかもしれないが、亜衣の時間も進んでいたのだ。以前よりも彼女は熟成し、より淫らな大人の女になっていた。

「ハアッ、ハアッ、ハアッ。あ、亜衣さん……」

ぬちゃくちゃと音を立てる蜜壺は、息づくように蠢いている。無数の襞が太竿に絡みつき、締めつけ、煽り立てるのだ。

昇は無心になって肉棒を突き刺した。

「ハアッ、ハアッ、ハアッ」

「ああっ、ダメ。はげし――わたしもイクよ、イッちゃうよぉ」

すると、亜衣は弱音を吐き、膝が崩れ落ちそうになる。

とっさに昇はそれを支え、下から抉《えぐ》り込む。

「くはあっ、ああっ、亜衣さん、もうダメだ出るっ……」

「わたしも……落ちる。イクッ、イクううーっ！」

肉棒が白濁液を噴き上げると同時に、亜衣は絶頂を迎えた。尻を引き絞るように閉じ、悦楽を貪ると、ガクガクと膝から崩れ落ちてしまう。

「んああ……」

窓ガラスについた手が滑り、ついには床に這いつくばった。

昇は荒い息をつきながら、中腰のまま呆然とする。

「ハアッ、ハアッ、ハアッ、ハアッ」

残された肉棒はまだ硬度を保ったまま、白濁を垂らしていた。

横たわり、グッタリした亜衣がしみじみと言う。

「ちょっと見ない間に、すっかり一人前の男になったのね」

かつての上司に認められ、昇は絶頂の余韻に浸りながら満足していた。

裸の男女は呼吸を整えながら、布団のある場所へと戻っていった。

昇はバタリと倒れ込むように横たわる。

「ふうっ……。すごかったなあ、さっきの亜衣さん」

「何がすごかったんよ」

亜衣も隣にゴロリと転がり、顔を側寄せて聞き返した。

「え。だって、あんなエッチな顔して感じるんだと思って」

「バカね。そんなところを見てたわけ？　イヤやわ」

亜衣は照れて肩をつねる。昇は顔を顰めた。

「いっつ……本気でやらないでくださいよ」

「やけん、昇くんも大概じゃやけぇ」

片肘を立て、亜衣はむくりと起き上がる。

昇からは見上げる恰好になった。

「今度はわたしからお返ししてあげる――」

どうするのだろう。昇が見守っていると、亜衣は股間のほうへと移動した。

「脚を上げて」

「はい……」

彼が言われるまま両脚を振り上げると、彼女は足首の辺りを捕まえて、頭のほうへと思い切り押していった。

「うぐう……」

身体が折り畳まれた昇は苦しそうに呻く。文字通りのお返しだ。気付いたときにはチングリ返しの体勢にさせられていた。

上にのしかかった亜衣は妖しくほくそ笑んでいる。

「お尻の穴まで丸見え。恥ずかしいでしょ」

「は、はい……」

「さっきやられたことのお返しよ」

「亜衣さん――」

無防備なポーズは男のほうがより情けなく感じる。半勃ちの肉棒はだらりと垂れ下がり、陰嚢も恥ずかしそうに佇んでいる。その上、アヌスまで丸出しなのだ。

一方、責める亜衣はうれしそうだ。

「大きなオチ×チン袋。ここでいっぱい精子を作ってるんよね」

しみじみ言うと、おもむろに陰嚢をパクリと咥え込んだ。

「ううっ」

「んふうっ。ここも感じるんだ」

亜衣は口中に含んだ双玉を舌で転がす。

快楽が下半身を重苦しくする。昇は呻いた。

「おうっ……あ、亜衣さん」

そうしている間にも、亜衣は腹から手を回し、陰茎をつかんでいた。

「もう硬くなり始めてる」

つぶやきながら、逆手に肉棒を扱く。ひっくり返されて下を向いているため、牛の乳を搾るような手つきになった。

玉を吸われ、竿を手コキされた昇はたまらない。

「はうっ、スケベすぎる……ううっ」

「もっと気持ちよくしてあげる」

だが、亜衣は容赦しない。さらに空いた手の指で菊門を弄ってきたのだ。

「ここも……どう？」

最初は指先でくすぐるようだったが、やがてぬぷりと突き刺してきた。

とたんに昇はビクンと震える。

「うはっ……マ、マズいです。そこは」

「わたしだってされたんだよ。マズくないでしょ」

「う……しかし」

「分かった。舐めてほしいんやな」

「いえ、ちが――」

昇が拒むのにもかかわらず、亜衣はアヌスに舌を這わせた。

「ああん、ヒクヒクしちゃって可愛い」

「ひゃっ……汚いですから、マジで」

「どうして。汚くないわ。昇くんもしたでしょ」

「ええ。でも……」

彼が必死に抗うほど、亜衣を喜ばせるだけだった。彼女はわざとピチャピチャ音を立てて舐め、肉棒と陰嚢もマッサージした。

「ううっ、亜衣さん……」

過激なサービスに肉棒はすでにビンビンだ。尻に顔を埋める亜衣の卑猥さも、映像から性感帯を煽り立ててくる。

「亜衣さんっ」

昇はたまらず起き上がった。

仰け反らされた亜衣が驚いた顔をする。

「どうしたの。ビックリするやない」

「僕、もう我慢できません。亜衣さんが欲しい」

「ええわ。きて――」

彼が言い切らぬうちに、亜衣が彼を引き寄せ仰向けに倒れた。

「昇くんの好きにして」

「いいんですか」

「早くぅ」

うなじを火照《ほて》らせた亜衣は、欲情に逸《はや》り肉棒をつかんで促す。

四年前は、恋人と別れた勢いだったかもしれない。だが今宵は、昇をひとりの男として求めていた。彼女の激しい息遣いや、喘ぎ声のひとつひとつにそんな思いが表われているようだった。

「ほう……」

股間に割り入った昇は、硬直を濡れた花弁に突き入れる。

「んあっ、入ってきた」

媚肉はぬめり、侵入者を歓迎した。

やがて凹凸はピタリと重なる。

「ふうっ」

「ん。昇くんでパンパンになってる」

受け入れた亜衣の顔が淫らに輝く。

昇は徐々に抽送を繰り出していった。

「ハアッ、ハアッ。亜衣さんのオマ×コ」

「んっ、ああっ。奥に当たってる」

「気持ちいいですか」

「もちろん……昇くんは？」

「僕も……ううっ。気持ちいいです」

肉棒は連続絶頂したとは思えないほどいきり立っていた。精力は昇の強みだが、やはり相手があってのことだ。

「ああん、いいの。感じる」

その点、亜衣については何度でも欲情した。筆おろしさせてくれた特別な相手として刷り込まれているのもあるが、単純に彼女自身が淫らだった。

「ねえ、もっと欲しいんよ」

ときとして太腿を絡め、またあるときは背中を反らし、下から突き上げてきた。媚肉はパックリと肉棒を咥え、捕らえて離さなかった。

おのずと昇の腰使いも激しくなってくる。

「ハアッ、ハアッ、おおっ……締まる」

「んっ、ああっ、イイッ、すごくイイッ」

牝汁に塗れた太竿は快調に蜜壺を抉っていく。

「ハアッ、ハアッ」

「あふう……ダメ……」

ヌルついた肉襞が竿肌に絡みつく。敏感になった粘膜が擦れ合い、互いの悦楽を増幅していく。

「んんっ。これ、好き――」

四年の歳月は女を熟成させた。亜衣の身体は、かつてより柔軟さを増したようだった。うねり、身悶えるさまが、昇の目に鮮烈に映る。

「亜衣さん、ああ……」

童貞を捧げた女を太マラで喘がせている。満ち足りた思いがさらに下半身を刺激した。

かたや亜衣の顔も淫らに輝いていた。

「はううっ、イイッ」

亜衣は眉根を寄せ、熱い息を吐いた。

「あふうっ、ステキ。ああっ、昇うっ」

「亜衣さん、亜衣さんっ」

年上の女が甘い声を出すのを心地よく耳にする。いつしか昇は額に汗を浮かべ、一心に腰を動かしていた。

「ハアッ、ハアッ、ハアッ、ハアッ」

「あっ、あんっ、ああっ、イイッ」

「もっと、来て」

もぞもぞと蠢く亜衣の太腿。昇は片脚を腋《わき》に抱え、さらに奥へと突き込んだ。

「うわあっ、おうっ」

「はひっ……イイッ、いいわ」

とたんに亜衣は顎を反らし、淫らな肉体を波打たせる。

古びた和室には、ぷんと獣じみた匂いが立ちこめていた。三十路女の放つ牝臭は牡に陵辱《りょうじょく》され、掻き回されるほどに濃くなっていく。

亜衣は吐く息も途切れ途切れだった。

「んあっ……イイッ。イッちゃうかも」

「イキそうですか。なら、一緒にイキましょう」

「いいよ。でも、早く。じゃないと、わたし――」

昇の呼びかけには答えるものの、すでに亜衣は欲望の彼方へと向かっている。

「ああっ、んはあっ。ダメ……イクぅ」

突然信じがたい力で彼を引き寄せたかと思うと、股間を押しつけてきた。

同時に膣道が蠢きだしたものだから、肉棒もたまらない。

「はうっ、ヤバ……出そう」

「出して。ああん、お願い。イッちゃううっ」

上下両方から腰がぶつけられ、摩擦は最高潮を迎える。

先に限界を訴えたのは昇のほうだった。

「うはあっ、ダメだ。出るっ！」

白濁液が勢いよく飛び出した。力を溜《た》めた弓矢のごとく、鋭く真っ直ぐに放たれた精汁が、温もりの中で子宮口に叩きつけられる。

「あふうっ、イイッ」

すると、亜衣は下腹に力を込めて、一瞬の衝撃に耐える。かと思えば、次の瞬間、四肢を思い切り伸ばして、悦びを全身で表わす。

「イクうっ、イッちゃううう一っ!」

絶頂を喘ぐと同時に、顎をガクガク揺らし、次いで全身を震わせた。

その震動は媚肉にも伝わり、肉竿から残り汁を搾り取った。

「はうっ、うっ……」

「あああ……ふうーっ」

亜衣は長々とため息を漏らし、ようやくぐったりと力を抜いた。

事が終わった後も、ふたりはしばらく動けなかった。

「本当に、一人前になったんやね」

ふと亜衣が口にする。昇は感無量だった。

「亜衣さんのおかげです」

「東京に帰っても、その調子で頑張りよるんやで」

彼女に希美のことは話していない。話す理由がないと思った。

「また、広島に寄らせてもらいます」

旅館を出ると、亜衣は用事があると去っていった。昇は、「また来る」と言って反応がなかったのを少し残念に思うが、彼女にも彼女の人生があるのだと割り切ろうとした。

だが翌朝、昇が広島空港へ行くと、亜衣は見送りに来てくれた。

「昨日はありがとうな。ええ思い出になったけん」

彼女は言うと、頰にキスした。

「亜衣さん……。お元気で」

昇はそれだけ言うと、亜衣に別れを告げた。最後のキスは、「営業畑で頑張れ」という彼女なりのエールだったのだろうか。

第五章　沖縄・南国のプリンセス

広島での仕事を終えた昇は東京へ帰ることなく、そのまま沖縄出張へと向かった。

ツダ電機にとって沖縄は未開拓の地域。そのため昇の使命は、地元大手の卸《おろし》会社と懇親《こんしん》を深め、市場の需要を探ることだった。

昇は空港を降り、ホテルに荷物を預けると、すぐ目的の会社へ向かった。

「広いな」

倉庫も併設する会社は敷地も広く、入口の受付で案内された建物を見つけるのもひと苦労だ。

ようやく事務所らしい建物に着き、案内を請うと、仲村《なかむら》社長その人が現れた。

「めんそーれ。東京からよく来たね」

「初めまして。ツダ電機の片桐です」

昇は一礼して、さっと名刺を差し出す。

仲村社長はそれを受け取るが、困ったようにごま塩頭を掻いた。

「悪いね、いま手持ちが……。あ、そうだ。倉庫に呼ばれてたんだった。片桐さん、話は歩きながらでいいかな」

「え、ええ。もちろん」

どうやら急ぎの用があるらしい。昇は初対面でいきなり面食らうが、取引先相手の都合に合わせることにした。

仲村社長は沖縄人らしい、彫りの深い顔をした中年男性だった。白髪交じりでやや小太りながら、目だけは子供のようにキラキラしている。

「どう？　沖縄は。暖かいでしょ。もう夏さ」

「そうですね。暖かいと思いました」

昇は調子を合わせるが、夏とはいくらなんでも気が早い。そのくせ急ぎと言っていた割には、歩調はのんびりしたものだった。

(これが、ウチナー時間ってやつなのかな)

そんなことを思っているうちに倉庫に着いた。

しかし、倉庫では空気が一変した。何やらトラブルが生じたらしく、作業が滞っているのは一目瞭然だ。

のんびりした仲村社長も事情を理解し、表情が引き締まる。

「トラックに積み込んだやつ、全部下ろして確認しよう」

社長自ら陣頭指揮に立ち、てきぱきと指示を与えていく。すると、従業員達も面倒な作業をイヤな顔一つせず、一丸となって動き出した。

これも仲村社長の人徳だろうか。自分も役に立ちたくなった昇は、手伝いを申し出た。

「僕にも荷下ろし、手伝わせてください」

「いやあ、お客さんにそんなことさせられないさー」

「荷下ろしなら弊社でもときどきやっています。邪魔はしませんからぜひ」

「そうかい。なら、あっち手伝ってくれる?」

「はいっ」

許可を得て、昇も腕まくりして荷下ろしに参加した。

社長にはああ言ったが、実際は現場作業など手伝うのは久しぶりだった。それでも無理にお願いしたのは、トラブルに必死に対処する、従業員達の熱い空気に当てられたからだった。

昇は骨身を惜しまず働いた。肉体はすぐに悲鳴を上げたが、掻く汗は爽やかで心地よかった。

　全部の作業が終わったときには、もう昼下がりになっていた。

「片桐さんのおかげで仕事が早く終わったさ。助かったよ」

　仲村社長は汗を拭きながら、昇にもタオルを渡す。

「ありがとうございます――いえ、僕なんかたいしてお役にも立てず」

「そんなことないさー。明日の分まで片付いたしね」

　なんとトラブルついでに二日分の仕事を終えてしまったという。仲村は誠実な東京の青年をいたく気に入ったようだった。

「明日は僕の娘に片桐さんを案内させるからさ、ゆっくり沖縄を観光してよ」

　この申し出を昇は一度固辞するが、仲村の強い勧めで結局受け入れた。懇親を深めるという当初の目的は達したのだ。あとは市場を知るため、沖縄観光をするのもいいだろう。


　翌朝、昇がロビーに降りると、すでに案内人は待っていた。

「はいさい。あなたが昇さんね」

　迎えに来たのは、仲村の娘・咲良《さくら》だった。かなり若いが、沖縄の娘らしくエキゾチックで端正な顔立ちをしている。

その美しさに、昇の寝ぼけ眼も一気に目覚める。

「おはようございます。咲良さんですか」

「実は昨日、わたしも倉庫にいたのよ。知ってた？」

「え……すみません、ちょっとバタバタしていて」

「だから初めましてじゃなかったの。少なくともわたしは」

咲良は見た目だけでなく、性格も明るくフレンドリーだった。

「ここでお喋りしてるのもなんだし、出かけましょう」

彼女は言うと、遠慮なく腕を組んできた。カットソーから伸びる二の腕が小麦色に輝いている。

「あ、はい。そうですね」

昇はドギマギしながらも、一緒にホテルを後にした。

移動する車中で、咲良が二十三歳だと判明する。まだ学生らしいが、勉強しながら父親の仕事も手伝っているという。

「卒業したら、今勉強している技術を会社にも生かしたいの」

「へえ。お父さんの会社を継ぐなんて、立派ですね」

「うん。お父さんも好きだけど、やっぱり沖縄が好きだから」

やがて到着したのは、『美《ちゅ》ら海水族館』だった。言わずと知れた沖縄の有名観光スポットだ。

大水槽のジンベエザメやマンタを見ながら、楽しいデートは続く。

「ほら、見て。マナティー」

「本当だ。可愛いな」

「やっさー。人魚のモデルになったのも分かる」

沖縄特有の言葉のリズムが耳に心地よく、リラックスさせてくれる。物怖じしない咲良の天真爛漫さに、昇も徐々に打ち解けていった。

「ここで記念撮影しない？」

「いいね」

だから彼女に提案されたときも、ふたつ返事でオーケーしたのだ。

水槽を前に並ぶふたり。咲良はスマホを構えると、いきなり頬をくっつけてきた。

「昇さんも笑って。チーズ」

何とか笑顔は作れたものの、昇は心穏やかではいられなかった。ふんわりしっとりした咲良の肌の感触が、いつまでも自分の頬に残っている。

「今の写真、送るね」

「うん」

なんてことのないやりとりだが、昇は心が弾むのを抑えきれない。少なくとも彼女は自分に好意を抱いているようだ。

水族館を出ると、国際通りへ向かった。沖縄随一の繁華街では地元料理に舌鼓を打ち、恋人気分でショッピングを楽しんだ。

「メシは美味いし、気候はいいし。沖縄は最高だね」

昇が思わず言うと、咲良はうれしそうに笑った。

「でしょう？　わたしなんて、沖縄を離れるとか考えきれんもの」

「羨ましいよ。それだけ地元が自慢できるのは」

昇は言いながら、咲良に見惚れていた。真っ直ぐな瞳は深い輝きを放ち、よく笑う口元はときとして妖艶さを湛える。そして黒い髪、健康的なスタイルは、南国の夢を実体化したようではないか。

もし、この娘と一緒になり、沖縄で余生を過ごすとしたら——思わずそんな妄想まで抱き始めるが、ふと希美の顔が浮かび、慌てて打ち消すのだった。

すると、突然咲良が歩みを止めて言い出した。

「そうだ。海へ行こう」

車で向かったのはチグヌ浜だった。沖縄本島の中西部、名護《なご》などの北に古宇利島《こうりじま》という小島がある。この島の岩場にある小さな浜がチグヌ浜だ。

普段は地元の人間が泳いでいるというが、この日はほとんど人影がなかった。

「あそこに空洞が見えるでしょう」

「あー、岩陰が洞窟みたいになっているところ？」

「そう。あれが、沖縄版『アダムとイブ』伝説の場所さー」

咲良によると、この場所で縄文式竪穴住居跡が見つかり、発掘研究により男女ふたりが生活していたことが判明したという。伝説では、この男女ふたりこそが琉球人の祖だと言われているそうだ。

咲良は岩陰に腰を下ろす。

「世界にふたりきりだなんて、ロマンチックだと思わない？」

「うん、そうだね」

昇も彼女に倣《なら》って腰を下ろした。

半洞穴になっている空洞はこぢんまりして、ふたりくらいがちょうどいい。目の前にはどこまでも続く沖縄の青い海と空。打ち寄せる波音に耳を傾《かたむ》けていると、本当に世界でふたりきりになった気がしてくる。

「ね、海に入ろう」

咲良が突然立ち上がり、カットソーを脱ぎだした。

大胆な行為に昇は唖然《あぜん》とする。

「咲良ちゃん……え？　海？」

「ここまで来て、沖縄の海に入らんでどうするさ」

すでに彼女は下着だけになっていたが、まばゆいばかりの笑顔には曇りひとつなかった。

「昇さんも早くおいで」

彼女は言うと、海へ向かって駆けていく。

昇はその後ろ姿に見惚れていた。躍動する健康的な肉体は美しく、夕日を浴びて黄金色に輝いていた。まさに楽園の住人であった。

「よし、行くか」

心を決めて、昇も服を脱ぎ始める。咲良に比べ、都会で不摂生している肉体は我ながら情けなくなるが、きっと彼女はそんなこと気にしないだろう。そう思わせてくれる純真さが彼女にはあった。

波打ち際で男女は水を掛け合ってはしゃぐ。

「あ、昇さん。えいっ」

「うわっ……やったな。お返しだ、それっ」

「きゃあっ」

「あはは。ズブ濡れだ」

「ひどーい。ええい、もういいや。泳ごう」

髪まで濡れてしまった咲良は、開き直って泳ぎ出す。

「綺麗だ――」

しなやかに泳ぐ姿は神々しいばかりに美しい。むっちりした太腿は力強く水を蹴り、流れる髪がきらめく水面に軌跡を描く。

まるで女神だ。幻想的な情景が胸に深く刻み込まれる。

すると、咲良が海から上がってきた。

「ぷはっ……あー、スッキリした」

「さすが泳ぐのが上手だね」

「モヤモヤしたときは、海で泳ぐのが一番だからね」

「え。何か悩み事でもあるの?」

「ちがうよ。モヤモヤって言うか、ちむわさわさするの」

「ちむ……どういう意味?」

昇が方言にとまどっていると、咲良はいきなり彼の手を取った。

「ちむ、っていうのはここ。ここが、わさわさするってこと」

そう言って、彼女は手を自分の胸にあてがったのだ。

手のひらに膨らみのしっとりした感触があった。

「これが、ちむ? その――」

「ちがうよ。ちむは心臓のこと。わさわさしてるの、分かるでしょ」

要するに、心臓がドキドキしていると言いたいわけだ。

乳房は濡れたブラが貼り付いて、乳首が透けて見えていた。最初は驚かされた昇だが、徐々に状況を理解すると、今度は自分の鼓動が高鳴ってくる。

「咲良ちゃん」

「ん……」

咲良は瞳を潤ませ、唇を半開きにして見つめていた。

昇は吸い寄せられるようにその唇を奪った。

「咲良ちゃん……」

「ん。少し塩《しょ》っぱい」

「だね」

互いの唇に海の味を感じながら、しだいにキスは濃厚になっていく。

「んふうっ」

「んんっ……」

舌が絡み合い、ぴちゃぴちゃと唾液を交わす音がする。

昇は彼女の身体をぐっと抱き寄せた。

「ん……昇さん……」

熱い息を吐く咲良。腰をすり寄せてくる。

波は膝から下を洗っていた。一度は海で冷えた身体も、互いの体温で瞬《また》く間に熱くなっていく。

するとと、咲良の手が昇の股間に伸びてくる。

「んふうっ、もう大きくなってきてる」

「はうっ。咲良ちゃん、いきなりそんな――」

直接肉棒を逆手に握られ、思わず昇は呻き声を上げる。

だが、咲良はおかまいなしにペニスを扱いてきた。

「沖縄を本当に知るには、こうするのが一番でしょう」

「ううっ。そういう……ものかな」

「そうさ。だって、わたしが沖縄だもの」

咲良に言われると、何だか本当にそうだと思えてくるから不思議だった。

それからふたりは海を上がり、最初にいた岩陰へと移った。

邪魔な下着も脱ぎ、生まれたままの姿で寄り添い侍《はべ》っている。

「咲良ちゃん、本当にいいんだね？」

本来は大事な取引先の娘だ。行きがかり上で済まされる相手ではない。しかし、咲良とはなぜかこうなる運命であるように感じた。そう思わせてくれる女だった。

「いいよ。昇さんの好きにして」

「咲良ちゃんっ」

昇がまず飛びついたのは、形のよい乳房だった。日焼け痕《あと》のうっすら残る膨らみは、張りのある丸い形を強調するようだ。

「びちゅるるるっ、じゅるるっ」

「あんっ、ああん」

乳首を吸われ、咲良は身を震わせた。

昇は空いた手でもう一方の乳房を揉みしだき、乳首を舌で転がした。

「ふうっ、ふうっ。咲良ちゃんの身体、ピチピチだ」

「ああん、バカ。オジサンみたいなこと言って」

「だって、本当なんだもの。少し塩っぱいけど」

小麦色の肌は滑らかで、二十三歳の渋皮の剝けた美を放っていた。新鮮なみずみずしさを色濃く残しつつ、十分に成熟している。

しかし、咲良は当初の積極性にもかかわらず、いざ本格的に事が始まると、意外に受け身一方のようだった。

「あんっ、イイ……」

愛撫にいい反応はするのだが、自分から責めてこようとしないのだ。

だが、それくらいは問題ではない。それなら昇が責めればいいのだ。むしろ珍しく年下相手に、これまでの経験を生かせる場面とも言えた。

「ハアッ、ハアッ。咲良ちゃん」

昇は両手で乳房を揉みながら、顔の位置を下へずらしていった。

平らな腹に開いた形のいい臍《へそ》を舐める。

覆っている。

草むらは濃く蔓延《はびこ》っていた。黒く艶やかな毛が密集して生え、ぷっくりした恥丘を
昇はそれを耳に心地よく聞きながら、徐々に舌を這わせていく。

咲良は反射的に下腹を引き攣《つ》らせ、身を捩らせる。甘えた口調が愛らしい。

「んふうっ、くすぐったいよぉ」

「ふうっ、ペロ――」


昇はうっすら残る恥臭を嗅《か》ぎ、鼻息を荒くする。

「咲良ちゃんの匂い。ああ、欲情する」

「ハァン、ダメ。そんなとこ嗅いじゃ」

咲良は覆い隠すように太腿を捩らせるが、ただの媚態にしかならない。

昇の顔はしっかりと股間に埋もれていた。

「割れ目、舐めちゃおう――」

舌は丁寧に割れ目をなぞり、花弁の形を確かめて、肉芽を転がした。

「んあっ、イイッ」

とたんに咲良は喘ぎ、胸を迫り上げるようにする。

同時に花弁から大量の牝汁があふれ出してきた。男の愛撫に包皮が剝けた肉芽は充

血し、蜜壺が誘うように蠢き始める。

「ハアッ、ハアッ。咲良ちゃんのオマ×コ、美味しいよ」

昇は無我夢中で媚肉を舐めた。これまで数多の年上女に教わったとおり、感じやすい箇所を丁寧に、心を込めて愛撫したのだ。

すると、咲良も著しい反応を見せる。

「んああっ、ダメ。もう我慢できないの、お願い」

太腿を締めつけ、腰を浮かせてきたのだ。

昇はこめかみに心地よい痛みを感じつつ、さらに口舌奉仕に励む。

「ふうっ、ふうっ。気持ちいいんだね」

「うん、本当に……あふうっ、ダメえっ」

「イキたいなら、イッていいんだよ」

「あっ、あっ、ああっ、あんっ」

咲良の呼吸が浅く、忙しくなっていく。顎は持ち上がり、背中は弓なりに反って、手足の先がピンと伸びていった。

昇は仕上げに肉芽を強く吸い込んだ。

「びちゅるるるっ、咲良っ」

「あんっ、ああっ、ダメ……イクうっ！」

咲良は短く喘ぐと、尻を床から持ち上げた。さらに脚をグッと踏ん張ったかと思うと、足指を目一杯反らせて果てたのだ。

「あっひぃ……イイッ」

そしてもう一度最後に喘ぐと、ガクリと脱力したのだった。


「イッちゃったね」

落ち着くと、咲良は絶頂したことを恥ずかしそうに言った。

昇はそんな彼女の乱れた髪を梳《す》いてあげる。

「可愛いかったよ」

「昇さん、でーじ上手なんだもん。驚いちゃった」

「そんなことないよ。咲良ちゃんが綺麗だから、つい夢中になって」

「あふぁー」

「え？」

「やっぱり東京の人って、口が上手いのね」

キラキラした瞳には曇りひとつない。普通なら皮肉ととるところだが、彼女の場合、素直に感心したようだった。

仰向けになると、空が真っ赤に燃えていた。海も、山も、浜も紅に染まっている。岩場に美しい裸身を横たえた咲良は、さながら地上に降りたヴィーナスのようだ。

「咲良ちゃん」

昇は呼びかけつつ、指先で彼女の身体のラインを辿《たど》る。

スッと伸びた首、美しく浮き出た鎖骨を通ると、双子の丸山に至る。仰向けでも形の崩れない膨らみは下乳にシルエットを宿し、引き締まったウエストからなだらかな平原が続く。

「ん……」

咲良がわずかに身じろぎした。

さらに平原の先には、黒く艶やかな草むらが自生し、掻き分けて進むと、深い裂孔へと落ち込んでいく。

指は、ぬめらかな湿地を捕らえた。

「ああん」

ソフトな愛撫に身を委《ゆだ》ね、咲良は甘い声を漏らす。

責める昇も興奮してきた。

「ハアッ、ハアッ。またヌルヌルがあふれてきた」

「んんっ、昇さん……」

呻く咲良は無意識に肉棒をつかんでいた。そして、それはすでに勃起していた。

「おうっ、咲良ちゃん」

「ああっ、イイッ」

「しよう」

「うん」

ごく自然な流れだった。南国の美しい風景に囲まれ、男と女が生まれたままの姿でいれば、行き着くところはひとつしかない。

昇は起き上がり、彼女の上に覆い被さった。

「咲良ちゃん――」

「わたし昇さんのこと、好きやっさ」

疑うことを知らない瞳に見つめられていた。昇は今一度、人間関係を思い出し、ためらいを感じるが、それもわずかな瞬間だけだった。

「僕も……」

青筋浮き立つ肉棒を濡れた花弁に押し込んでいく。

とたんに咲良が顎を上げる。

「んあっ……」

「うう……」

秘密の花園は入口で締めつけてきた。一瞬きつすぎるとも思うが、中は柔軟で、ぬめりもあるため問題なく根元まで入る。

昇は深く息を吐いた。

「ふうーっ」

「ああ、昇さんとひとつになっちゃった」

「咲良ちゃんの中、すごくあったかいよ」

「昇さんのも、でーじ熱いよ」

見上げる瞳が揺れている。泣いているのかと思ったが、そうではない。つながった喜びがあふれるあまり、興奮で目を潤ませているだけだった。

その証拠に、彼女はいきなり彼の顔を引き寄せてキスした。

「昇さんがいるのを感じる。ああっ、ステキ」

「咲良ちゃんこそ……うう、可愛いよ」

たまらず昇は腰を動かし出した。

最初は互いの勘所を確かめるように、探り探りの抽送から始まる。

「ハアッ、ハアッ。おお、締まる」

「んっ、ああっ。先っぽが、当たる」

昇が腰を突き出すたび、咲良は切ない喘ぎ声を漏らした。端正な顔を歪ませ、長い手足が居場所を探すようにもつれる。

花弁は太茎をしっかりと咥え込み、ぬめりを盛んに噴きこぼした。

「あっ、ああん、イイッ」

「ハアッ、ハアッ、ハアッ」

しだいに抽送のリズムは速くなる。竿肌はヌルヌルとつかみどころのない膣壁に擦られ、鈴割れからだらしなく先走りをこぼす。

昇は彼女の尻を抱え持ち、夢中で腰を振っていた。

「ハアッ、ハアッ。ううっ、ふうっ」

すると、どうだろう。突然、咲良の喘ぎが高くなった。

「んああっ、ああっ、イイッ。イイのぉ」

にわかにシフトチェンジでもしたように、激しく身悶えし始めたのだ。愉悦のスイッチが入った咲良は別人のようだった。

「もっと……あんっ、奥を突いてっ」

両手が差しのばされ、彼の存在を確かめようとする。

昇は腰をぶつけた。

「ハアッ、ハアッ。ぬあ……おおうっ」

「あっ、あっ、んはあっ、イイッ」

遠目に愛でていただけのヴィーナスが、生々しい牝に転じていた。咲良の爪が彼の背中に突き立てられる。

「うっ……」

昇は痛みを感じるが、それでも抽送をやめようとはしない。

しだいに咲良の肉体が波打ち始めた。

「あっふ……ああっ、溶けてしまいそう」

「咲良ちゃん、咲良ちゃん」

「ああっ、きて。昇さんの思い、全部吐き出して」

二十三歳とは思えない懐《ふところ》の深さ。まるで聖母のようだ。昇は頭がカアッとして、何も考えられなかった。

「ハアッ、ハアッ。うおお……もう出そうっ」

「イイッ。わたしも——ああん、イクう」

「イクよ。本当にいいんだね」

「うん。欲しい」

激しい抽送のなか、一瞬だけ目が合った。咲良の瞳は深く色を宿し、欲情に揺れ動いていた。

その目を見たとたん、肉棒は火を噴いていた。

「ううっ、出るっ」

「んあぁっ、イイイイーッ」

どくんと放たれた白濁液は、温かい蜜壺が全部受け止めた。咲良は衝撃を受けたようにビクンと跳ね、思い切り背中を反らすと、太腿をギュッと締め付けてきた。

「あふうっ、んっ。ンハアァ……」

そして昇のピストンが徐々に収まっていくにつれ、彼女の身体もゆっくりと地面に横たわっていった。

咲良は情熱的な女だった。いったん火がついた肉体は、一度の合体絶頂では満足できなかったようだ。

「もう一度、いけそう？」

抜いたばかりでもうお代わりを欲しがった。

射精したての肉棒は、まだ煙がくすぶっているような状態だった。

「え……うん」

彼女の貪欲さにとまどう昇だが、できるかできないかを問われれば、「できる」。それこそが彼の特技であった。

すると、早速咲良は肉棒を抜き出す。

「ウソー。しかますっ」

「え？」

「だってイッたばかりなのに、全然萎《しお》れてないんだもん」

若い咲良でも、さすがに昇の精力には目を瞠《みは》ったようだ。

実際、少し愛撫しただけで、肉棒はもう七割方勃起していた。

「ああ、咲良ちゃん……」

そして、十分気持ちいいのだ。このときほど昇は自分の身体に感謝したことはない。

セックスが苦手な希美が相手だと疎まれることが、南国のヴィーナスには喜ばれているることがうれしかった。

だが、咲良はさらにフェラチオまでサービスした。

「んぐ。おっきいの、おいひ――」

「おうっ、汚いよ。まだ洗って……」

「んんっ、カチカチ」

欲汁塗れであることなど、咲良はまるで気にしていない。頬を膨らませ、舌を使って、熱心に肉棒をねぶるのだ。

「ハアッ、ハアッ」

昇は呼吸を荒らげた。見る間に肉棒が硬い芯を持ち始める。唾液に塗れた肉傘はてらてら光り、気を吐くように先走りを漏らした。

顔を上げた咲良が言う。

「ねえ、海行こう」

「え――」

驚く間もなく、昇は彼女に腕を引かれ、砂浜を歩いていた。

咲良は迷うことなく海に入り、膝下が波を洗う深さまで来ると止まった。

「ここで抱いて」

落陽が水平線に沈みかけていた。南国の美女は深紅に照らされ、神秘の輝きを放っていた。産毛《うぶげ》が光に反射して、見事なオーラに包まれているようだ。

昇は怒張を捧げ持ち、みずみずしい裸身を抱き寄せる。

「海の中でするなんて初めてだよ」

「わたしもさ」

唇を重ね、舌を絡め合うふたりの耳に波音が聞こえていた。

やがて昇は彼女の脚を開かせ、硬直を下から抉るように突き刺した。

「ほうっ……」

「あんっ……」

浅瀬に立ったまま、男女は繋がっていた。

生温い風がふたりの肌をくすぐる。肉棒は二回の射精を感じさせない硬さを保ち、ぬめる蜜壺を往復した。

「ハアッ、ハアッ、ハアッ」

「あっ、んんっ、ふうっ」

揺さぶられる咲良は、彼の肩にしがみついている。熱い息を吐き、女らしい甘い香りを漂わせながら、その身体には潮風が染みついているようだ。

「んふうっ、イイッ。あんっ」

おのずと片脚が持ち上がる。昇はその太腿を抱え、さらに奥を突いた。

「ぬはあっ、ハアッ、おうっ」

とたんに咲良は天を仰ぐ。

「んああーっ、オチ×チンの先が、奥に当たるぅ」

「ううっ、咲良ちゃん」

「なぁに、昇さん」

「オマ×コが……中でヒクヒク動いてる」

昇は抽送しながら呻く。

これまでにない体験だった。膣壁が細かく震えているように感じるのだ。ただでさえぬめり、締めつけてくるのに、さらにバイブレーションの刺激が重なり、肉棒は今にも爆発してしまいそうだった。

肉体の変化は、咲良自身にも及んだ。

「あひっ……んああっ、感じるぅ」

「ハアッ、ハアッ」

「ああっ、そんなにオチ×チンをピクピクさせないで」

彼女からすれば、肉棒こそが震動しているように感じられるらしい。立ったままの窮屈な姿勢で盛んに身悶え、快楽から逃れようとしているようにも見える。

昇はそんな咲良をしっかり捕まえ、太竿を叩きつけた。

「ぬあっ……おうっ。ハアッ、ハアッ」

「あんっ、イイッ、イイッ」

しかし、そのとき引き波が足下の砂を巻き上げた。にわかに安定を失ったふたりは、脚をもつれさせてしまう。

「ああっ……」

「危ない――」

上になった昇はとっさに両手をつき、咲良にぶつかるのを避けた。

彼らが倒れたのは波打ち際だった。驚きが覚めると、ふたりは目を見合わせて笑った。

「危なかったね」

「わたしたち、夢中になり過ぎちゃったみたい」

「綺麗だよ、咲良ちゃん」

「水と砂で髪グチャグチャさー。それでも？」

「ああ。だって君が沖縄なんだから」

「いい思い出にしよう」

咲良はニッコリ微笑むと、彼を抱き寄せてキスをした。

幸い、肉棒は繋がったままだった。昇は彼女の脚を自分の太腿に乗せ、尻を持ち上げてから抽送を再開した。

「ハアッ、ハアッ、ハアッ」

「あんっ、ああっ。昇さん、エッチ」

咲良が悦びの声をあげる。肩や背中、髪には砂がまとわりついていた。それでも気にせず、彼女は抽送に身を委ね、ウットリとした表情を浮かべている。

「ハアッ、ハアッ。おお……」

腰を穿つ昇も同様だった。肌は砂に塗れ、海水と汗に汚れていたが、悦楽が全ての些事《さじ》を退けてしまう。

全身で唯一、汚れないのは肉棒と媚肉だけだった。盛んにあふれ出る牝汁が砂を洗い流しているのだ。

「んああ、気持ちいいっ」

ひときわ高く喘ぐ声が海へと消えていく。

蜜壺はうねり、蠢き続けていた。昇は腰を動かしながら、肉棒が来たる瞬間を待ち受けているのを感じる。

「ううう、咲良ちゃん……」

陰嚢が疼き、太竿の根元から噴き出したがっている。

かたや咲良も成就の時を予感していた。

「ンハアッ、ダメ……ああ、来る」

胸を喘がせ、身体を波打たせては、熱い息を吐く。

小粒な乳首が勃っていた。それは揺れる膨らみの上で踊り、絶頂の前触れに硬く締まっていた。

太腿が昇の腰に巻き付いてくる。

「ぬおおっ、咲良ちゃん」

「ああっ、イッて。イク……わたしも。んああーっ」

「いいの。また──はううっ」

昇の額を汗が伝う。太腿に縛められながらも、彼は渾身《こんしん》の力を込めてグラインドした。

「うはあっ、ううっ」

「あんっ、あひいっ……イクッ、イッちゃう」

「いいよ。イッて。僕も──うはあっ、出るっ！」

ひと足先に肉棒が白濁液を吐いた。

だが、ほぼ同時に媚肉も痙攣を始める。

「あひっ……ダメ。イックうううーっ！」

咲良はめざましい反応を見せた。射精された瞬間、ビクンビクンと二度ほど大きく跳ね、かと思うと、巻き付けた脚で彼を引き寄せたのだ。

「うふうっ、んっ。あああ……」

砂に後頭部を沈め、顎を上げて天高く悦楽を喘ぎ放った。

締めつけた太腿は容赦なく太茎を搾り取る。

「うっ、ううっ」

「ンハアァァ……」

そして最後に仕上げとばかり痙攣すると、満足したように脱力したのだった。

ようやく昇が離れたのは、それからたっぷり五分経った後だった。

「今日のことは忘れないよ」

「わたしも。昇さんのこと、絶対忘れない」

その日の最終便で、昇は沖縄を発った。見送りには仲村社長と咲良も来てくれた。

彼女は今日のことを父親には話していないようだった。当然だろう。別れを告げるとき、昇は少し胸が痛むが、旅の出来事は心の奥にしまっておくことにした。

「今回の出張では、いろいろあったな」

帰りの機上、彼は出会った人々を思い出していた。皆それぞれが素晴らしい旅の思い出を与えてくれ、彼の成長を促してくれた。

おかげで少しはセックスが上手くなったかもしれない。そんなことを思っていると、希美からメールだ。

〈出張お疲れさま。明日の夜、久しぶりにデートしよ〉

昇は明るい未来を思い描いた。よーし、明日の夜は希美を寝かさないぞ。

（了）

※本作品はフィクションです。作品内に登場する
団体、人物、地域等は実在のものとは関係ありません。

女体《によたい》めぐりの出張《しゆつちよう》
〈書き下ろし長編官能小説〉
2021年5月3日初版第一刷発行

著者……………………………………………伊吹功二

デザイン………………………………………小林厚二

発行人…………………………………………後藤明信
発行所……………………………………株式会社竹書房
〒102-0075　東京都千代田区三番町8-1
三番町東急ビル6F
email：info@takeshobo.co.jp
竹書房ホームページ　http://www.takeshobo.co.jp
印刷所…………………………中央精版印刷株式会社

■定価はカバーに表示してあります。
■落丁・乱丁があった場合は、furyo@takeshobo.co.jp までメールにて
お問い合わせください。

竹書房ラブロマン文庫　近刊目録

好評既刊

長編官能小説
秘密の若妻バレー部
河里一伸　著

長身若妻たちのバレーチームのコーチになった青年は、ボリューミーな肉体に耽溺する…！　高身長誘惑エロス！

770円

長編官能小説
快楽温泉にようこそ
庵乃音人　著

バツイチ美熟女、不倫妻…欲望を秘めた女たちへ肉悦のおもてなし！　温泉宿を舞台したあくるめく蜜楽ロマン。

770円

長編官能小説
汁だくスーパー銭湯
上原　稜　著

女性専門のスーパー銭湯でバイトする青年は、秘密の淫らなサービスも担当して!?　快楽と美肉のハーレム長編。

770円

長編官能小説
淫らママのとりこ
九坂久太郎　著

禁断の思いを母に抱く青年は、彼女が育ての母と知って一線を超える…！　ママたちを抱く興奮と背徳のロマン！

770円